Marion Rabe

Fräulein Bitte-Danke

Marion Rabe

Fräulein Bitte-Danke

Geschichten und Gedanken zum Sein

edition fischer

Bibliografische Information Der Deutschen Bibliothek
Die Deutsche Bibliothek verzeichnet diese Publikation in der Deutschen Nationalbibliografie; detaillierte bibliografische Daten sind im Internet über http://dnb.ddb.de abrufbar

Orber Str. 30, D-60386 Frankfurt/Main

Schriftart: Times 12°
Herstellung: Satz*Atelier* Cavlar / NL
Printed in Germany
ISBN 978-3-89950-359-3

Rittergut Dorstadt

Das jahrhundertealte Gut, seit nunmehr fast 200 Jahren im Besitz der Familie v. Löbbecke, liegt wie eine schöne Insel im nördlichen Harzvorland an der Oker. Eingebettet in einem wunderschönen Landschaftspark mit alten Bäumen liegt nicht nur das barocke Herrenhaus sondern auch ein altes Konventgebäude des ehemaligen Klosters. Hier finden im Kreuzgang, dem idyllischen Innenhof, in der Kirchenruine und in der Orangerie Veranstaltungen für Kunst, Literatur und Musik statt. Fröhliche Feste und auch Hochzeiten werden im Park-Haus gefeiert. Das Gut lädt ein zur Besinnung, zu Seminaren, zu wohnen und zur Erholung. Hier hat die Autorin Marion Rabe ihr vorliegendes Werk vollendet.

Konstantin v. Löbbecke – Rittergut 3 – 38312 Dorstadt

E-Mail:
Rittergut-Dorstadt@t-online.de oder
www.Rittergut-Dorstadt.de

*I*ch sehne mich und suche,
weiß nicht,
was
es ist.
Ich sehne mich und suche,
weiß nicht
wo
es ist.
Ich sehne mich und suche
im Außen,
was ganz tief in mir nur zu finden ist …
… *mich*

* * *

Der Mensch in seinem Leben …

Der Mensch in seinem Leben von Anbeginn Erfahrungen macht.

Das wird dann be-wertet,
aus-gewertet
und
gefühlt,
im Gedächtnis abgelegt.

Und nun der Mensch sein Leben lebt,
aus der Erfahrung zehrt.

Er bildet Glaubenssätze aus allem,
was er je erfahren,
nach denen er nun lebt.

* * *

Der sichere Turm

Eine Welt, die sich so gar nicht von unserer jetzigen Welt unterscheidet, gab es auch schon vor sehr, sehr langer Zeit.

Es lebten in ihr die vielfältigsten Lebensformen. Eine schöner als die andere. Sie unterschieden sich in vielerlei Eigenschaften, doch in einem waren alle gleich, sie lebten. Und doch gestaltete sich für jede einzelne Lebensform das Leben auf andere Weise.

Es war eine Welt, in der es rege zuging. Viel war zu tun, Leben war angesagt.

In einem Land nun dieser Welt lebte unter vielen Vögeln auch ein Adler.
Vor langer Zeit kam er in diese Welt und erlebte sie auf seine Weise. Er erfuhr, wie man miteinander umging. Er erlebte Freude, Lust und Spaß, lernte, für sich zu sorgen und in dieser Welt zu überleben.

Offen und neugierig ging er auf alles zu, was ihm begegnete, und nun geschah etwas Eigenartiges. In manchen Situationen, in denen er offen und vertrauensvoll sich zeigte, reagierten die anderen aus seiner Sicht verletzend. Er nahm es hin und lernte, auch zu verletzen, auf seine Weise. Er war sich sicher, er musste noch besser sein als andere, damit er nicht wieder in seinem innersten empfindsamen Sein getroffen wurde.

Also überlegte er sich, wie er sich am besten schützen könne, und kam auf die Idee, sich einen Turm der Sicherheit zu bauen. Oh, dieser wurde im Laufe seines Lebens ein wirklich beachtlicher Turm. Mit jeder neuen Erfahrung, die der Adler als für sich verletzend und schmerzend empfand, kam ein weiterer Stein dazu. Absolut sicher war dieses Bauwerk, keiner konnte nun mehr in das Innerste des klugen Adlers vordringen.

Und so lebte der Adler lange, lange Jahre, er war fast nur noch in seinem Turm und ließ selbst die kleinen Fenster, nur so groß wie eine Schießscharte, geschlossen.
Die Einzigen, die sich um ihn kümmerten, waren seine Adlereltern.
Ganz besonders die Adlermutter achtete mit größter Sorgfalt darauf, dass ihrem inzwischen schon alt gewordenen Küken nichts geschah.

Niemand hatte auch nur die geringste Chance, ihrem über alles geliebten Adlerjungen zu nah zu kommen.
Nur sie allein liebte ihn so, wie er war.
Nur sie allein konnte ihn verstehen, so dachte sie.
Im Laufe der Jahre war er ihr Idealbild von einem Adler geworden.

Draußen pulsierte das Leben, vielen ging es wie ihm, man baute zum eigenen Schutz Türme, Burgen und Mauern. Und hinter diesen Fassaden, man schmückte sie, verzierte sie, sicherte und verbesserte sie bis ins kleinste Detail, lebten nun alle in Sicherheit. Man wurde der Ideen, wie man sich noch besser sichern und schützen konnte, nicht müde. Und über all diesem Ausbessern und Verbessern der Sicherheiten verpasste man, ohne es zu merken, das Leben, das sich nach wie vor in seiner ganzen Schönheit und Fülle präsentierte.

Der Kontakt untereinander reduzierte sich, die Nähe miteinander war kaum noch möglich und … unerwünscht. Zu groß war doch die Gefahr, verletzt zu werden.

Vor dem Turm des Adlers nun war im Laufe der vielen Jahre seines Lebens ein wunderschöner Baum gewachsen. Doch die Schönheit dieses Baumes war ihm gar nicht aufgefallen. Er hatte ihn irgendwann ganz vergessen. Der Stamm war über die Zeit schroff und rissig die Rinde. Der Wipfel, einst ausladend groß, fruchtbar und weit verzweigt, war nun sehr ausgedünnt.
Die kleinen, zarten Triebe von einst waren nun trocken und knorrig, trieben keine neuen mehr aus und ragten nun sterbend, ohne Laub in die Luft.
Bis auf einen einzigen Ast, der noch wenige Blätter trug. Früchte bildete er schon lange keine mehr.

Eines Tages trug es sich zu, dass eine kleine Meise über diesen Ort flog und auf diesemBaum vor eben diesem Turm des Adlers eine Rast einlegte.

Der Adler sah diese kleine Meise auf dem Baum sitzen und kam aus seinem Turm.

Die Meise, keck wie sie nun einmal war, flog nicht weg, sondern nahm all ihren Mut zusammen und sprach den alten Adler an: »Guten Tag, wohnst du hier?«

»Ja«, sprach dieser, »hier bin ich zu Hause. Doch das geht dich gar nichts an. Was führt dich denn hierher?«

»Ach, weißt du, ich habe mich ein wenig verflogen. Und da ich müde geworden bin und es gleich dunkel wird, dachte ich, ich könnte hier auf diesem Baum übernachten.
Ich hoffe, du hast nichts dagegen. Aber sag mal, wieso lebst du in so einem dicken Turm?«

Der Adler antwortete: »Diesen Turm brauche ich, er gibt mir Sicherheit und zeigt, wie stark ich bin. Uneinnehmbar sozusagen. Da kann mir keiner etwas anhaben. Weißt du, in so einer Welt, wie ich sie erlebt habe, braucht man Schutz, Unnahbarkeit und Abwehr. Alles andere hat gar keinen Sinn, wenn du nicht die Sprache des Gegners sprichst, gehst du unweigerlich unter. Die Welt ist nun mal kein Kinderspielplatz.«

»Hm«, sprach die kleine Meise, »so hab ich das ja noch nie gesehen. Für mich ist die Welt einfach wunderbar und es macht mir Spaß zu leben. Weißt du, ich habe so viele Freunde, genieße die Sonne, freue mich über die Nahrung, die immer für mich zu finden ist, ja, da würde mich doch so ein

Turm nur fernhalten von all dem Schönen. Na gut, ich kann ja verstehen, dass der Turm dich schützt, doch gleichzeitig entgeht dir doch all die Freude, die man so haben kann.

Was eigentlich kann dir denn geschehen? Du bist doch so ein starker Adler, wovor hast *du* denn Angst?«

Der Adler antwortete: »Ich habe keine Angst. Wie kommst du darauf? Ich vermeide doch nur, dass mir das, was ich im Laufe meines Lebens an Schmerz und Ärger erfahren habe, noch einmal erleben muss.«

»Aha«, sprach da die Meise, »das heißt also, dass du vor lauter Angst, dass dir alles noch mal passiert, das Leben außerhalb deines Turmes verpasst. Natürlich hast du nun keinen Schmerz mehr, aber hast du denn noch Freude?«

»Freude? Na klar, ich bin mir selbst genug! Brauche niemanden, um mir die Zeit zu vertreiben«, sagte der alte Vogel. »Außerdem habe ich eine Familie, die zusammenhält. Meine Familie sorgt für mich.«

»Ja und wie ist das mit dem Austausch mit anderen? Kannst du dich denn noch mit anderen unterhalten und kommunizieren?« Die kleine Meise schaute den großen Vogel abwartend an.

»Weißt du«, sprach da der Adler, »die anderen Lebewesen auf dieser Welt sind mir zu dumm.
Also, was soll ich da noch? Es ist langweilig.«

»Langweilig?! Wieso? Ist es nicht auch bereichernd, anderer Weltanschauung zu erfahren?
Also, ich denke, dass es hochinteressant ist, mit anderen zu kommunizieren.
Ja, und wie ist das mit der Liebe?
Fehlt dir nicht die Nähe und die Liebe, die doch so wesentlich und herrlich wunderbar ist?« Die kleine Meise geriet ins Träumen.

Der Adler jedoch wurde nachdenklich. Ja, wie war das denn mit der Liebe? Hatte auch sie nicht ständig Schmerz und Enttäuschung mit sich gebracht?

»Liebe?! Was soll ich mit Liebe?! Hab ich genug gehabt. Hat mir auch kein Glück gebracht.«

»Ja, Adler, da kann man dann wohl nichts mehr machen. Aber sag mal, darf ich bitte auf diesem deinem Baum übernachten? Ich bin schon so müde und denke, dass ich den Weg in mein Nest nicht mehr schaffe.«

»Selbstverständlich. Ich habe nichts dagegen«, so sprach der Adler und verschwand nachdenklich in seinem Turm. Das Gespräch hatte ihn mehr berührt, als er sich eingestehen wollte.

Am nächsten Morgen, die Sonne stand schon hoch am Himmel, wurde die kleine Meise munter und staunte nicht schlecht, da saß doch bereits der Adler und beobachtete sie.

»Guten Morgen, Adler. Hast du gut geschlafen? Schau nur, was für ein wundervoller Morgen!« Die kleine Meise war außer sich vor Freude und wirkte überglücklich und sehr zufrieden.

Der alte Vogel blieb noch eine Weile bei ihr sitzen und sie unterhielten sich so über allerlei.
Viele Fragen hatte der Adler und die Meise berichtete ihm über das Leben, die Liebe und den Sinn des Seins.

Sie fühlte sich recht wohl in der Nähe des Adlers und bat ihn, noch eine Weile bleiben zu dürfen. Er willigte ein wenig grummelig ein und so geschah es, dass die kleine, kecke Meise jeden Tag mit dem Adler sprach und sie sich immer näher kamen.

Ohne dass der alte, erfahrene Vogel es bemerkte, genoss er die Nähe des lebenslustigen, liebevollen kleinen Vogels und … er gewann ihn lieb.
Ja, man könnte sagen, er begann ihn zu lieben.
Oh, er machte es sich nicht leicht. Und immer wieder geschah es, dass er in seiner unwirschen Art die kleine Meise betroffen machte und sie dann traurig auf dem alten, knorrigen Baum alleine saß. Denn immer, wenn er sie durch seine Art betrübte, zog er sich sofort in seinen Turm und in das Nest seiner Eltern, die Burg der Familie, zurück.

Die Zeit verging, Sommer und Winter, alle Jahreszeiten zogen vorüber und wieder einmal trug es sich zu, dass der alte Adler in seiner Art, gerade als die Meise ihm ihre Liebe

ganz offenbarte, barsch und böse reagierte, in seinem Turm mit den Worten: »Flieg nach Haus« verschwand und sie allein auf dem Baum zurückließ.
Nun saß sie wieder da, wusste nicht, was hier eigentlich geschehen war. Sie liebte diesen Eigenbrötler und verstand nicht, warum er sich, immer wenn sie ihm ihre Liebe zeigte, so abweisend verhielt.

Schweren Herzens und sehr traurig beschloss sie weiterzufliegen, an einen anderen Ort, wo das Leben sicherlich noch sehr Schönes für sie bereithielt.

Und so machte sie sich auf den Weg und verließ den Baum an diesem Ort vor dem Turm, der einem alten Vogel so viel Sicherheit bot.

Sie litt, die kleine Meise, wie gern wäre sie doch bei dem Adler geblieben. Wie gut hatten sie sich doch verstanden. Wie sehr liebte sie ihn.

Der Adler in seinem sicheren Turm bemerkte nicht, dass seine kleine Freundin den Baum verlassen hatte. Er hatte sich, wie schon so oft vorher, allem entzogen. Schmerz, nein, den hatte er genug in seinem Leben gehabt. Hier so zurückgezogen, bar jeglicher Verantwortung, war für ihn scheinbar alles bestens.
Wozu sollte er noch einmal Verantwortung für sich und sein Leben übernehmen?
Hatte sein Leben denn überhaupt noch einen Sinn?
Außer seinen Eltern, ganz besonders seiner Mutter, die ihm

jeden Wunsch von den Augen ablas, hatte er niemanden mehr.
Na ja, bis auf …
die kleine Meise.

Am nächsten Morgen beschloss er, doch mal nach ihr zu schauen.

Und wie erschrak er, als er sie nicht entdecken konnte! Sie hatte ihn beim Wort genommen und war verschwunden. Zuerst wurde er ärgerlich. »Das hab ich doch gewusst, wenn man Gefühle und Liebe zulässt, kann man sicher sein, dass es nur Scherereien gibt. Lieben tut nun mal weh. Das ist so sicher wie das Amen in der Kirche.«
Ein paar Tage lang blieb diese Wut, doch dann kam so langsam und doch unbeirrt das zum Vorschein, was hinter dieser Wut verborgen war. Sehnsucht nach Liebe, Geborgenheit und Nähe. Große Enttäuschung und eine innere Leere machten sich in dem Adler auf und er verbrachte viele Tage und Nächte in großer Traurigkeit.

Die kleine Meise fehlte ihm unendlich.

Auch sein Turm half ihm diesmal nicht. Ganz im Gegenteil, so einsam, wie er sich jetzt hinter den dicken Mauern fühlte, hatte er sich noch nie gefühlt.

Er traf für sich eine Entscheidung und beschloss, seinen Turm zu verlassen, sich in die Welt zu wagen und die kleine Freundin zu suchen. Wo immer sie war, er würde sie finden und bitten, bei ihm zu bleiben.

Eines Morgens bei Sonnenaufgang wollte er losfliegen.

Er schwang seine großen, starken Schwingen und ... nichts geschah, er stieg nicht auf wie früher, kraftvoll, hoch in die Lüfte. Nein, seine Kraft war geschwunden, die Flügel lahm. In der Zurückgezogenheit seines Turmes hatte er die Flügel nicht mehr gebraucht. Und nun fehlte ihm die Kraft, sie zu schwingen.
Er fühlte sich krank und schwach. Der Mut wollte ihn verlassen, doch der Gedanke an die Liebe der kleinen Freundin ließ ihn nicht aufgeben.

Er trainierte. Jeden Tag ein wenig mehr, und siehe da, eines Tages gelang der Start und der Adler sah aus höchstem Stand am Himmel die Erde unter sich.
Oh Gott, wann war es das letzte Mal, dass er diesen Anblick genossen hatte? Es war lange, lange vor dem Bau seines Turmes und dem Rückzug in die Burg seiner Eltern gewesen.

Er erinnerte sich an die Worte der kleinen Meise und nun verstand er plötzlich, was sie ihm sagen wollte.

»Meine Güte, war ich blind!« Sprach 's, vergaß seinen Turm, verabschiedete sich von seiner Mutter und machte sich auf die Suche nach seiner Freundin.

* * *

Alt und Jung

Der Mensch vor altem Gemäuer steht,
bewundert es und staunt,
wie alt es ist und noch besteht.

Der Mensch vor altem Baume steht,
bewundert ihn und staunt,
wie alt der ist, was dieser wohl erlebt.

Der Mensch vor altem Menschen steht,
bewundert und staunt nicht,
bedenkt nicht, was dieser wohl erlebt.

Sieht nur das Alter, das Vergängliche,
übersieht, was wurde hier geleistet.
Sieht nicht die Erfahrung und das Wissen,
sieht nicht den Menschen,
der doch ist wie er,
und verpasst die Gelegenheit,
zu erfahren
der Alten
Lebensweisheit.

* * *

Alter(n)

Des Menschen Leben beginnt, es ist bekannt, mit seiner Geburt,
nimmt seinen Lauf und bewegt sich dann in Richtung Lebensmitte.

Ab hier beginnt es, wie jeder weiß,
des Menschen Schicksal es seit jeher ist,
sein Körper alter(t).

Vom Geist er weise, ja, das will er schon,
doch jugendlich soll sein der Körper, bitte schön.

Alter(n)?!
Nun, das will er nicht.

Tut alles, was er kann,
von außen,
um es aufzuhalten, gar es zu verhindern,
mit allen Mitteln,
seit Langem schon.

Wenn der Mensch im Alter(n) sieht die Weisheit,
es nimmt so, wie es ist,
anerkennt den Kreislauf dieses Lebens,
lässt zahlen ihn den Preis der jugendlichen Schönheit gern.

Denn siehe,
die Weisheit des Alters
lässt in Würde
ihn gehen weiter
seinen Lebensweg,
strahlt aus ihm heraus
und lässt ihn sein im Alter(n)
so wunderschön.

* * *

Bedingung!

Ich liebe dich,
ich achte dich,
ich finde dich so gut!

Doch bitt ich dich,
halte dich
an meine Regeln gut.

Sonst kann ich nicht mehr lieben dich
und finden dich so gut.

— — —

Wenn so gelebt,
geht Partnerschaft

nicht

gut!

* * *

Das Waldhühnchen

Tief, ganz tief im großen, ach so alten Wald, dort, wohin noch kein Mensch vorgedrungen ist, lebten die Waldhühner. Oh, sie hatten es dort ausgesprochen schön.
Es war stets genug zu essen und zu trinken vorhanden für das Volk der Waldhühner wie auch für alle anderen Tiere, die hier ihr Zuhause hatten.

Doch untereinander ging es nicht unbedingt so harmonisch zu. Es gab viel Streit unter den Hühnern, ganz besonders in den einzelnen Familien. Es herrschten Angst und Neid, man könne in dem kurzen Hühnerleben zu kurz kommen oder gar zu gar nichts.
Und so lebten sie denn alle in diesem wunderbaren Wald nicht unbedingt einträchtig miteinander.

Es war Mai, eine schöne, warme Zeit. Die Luft war voller Düfte der ersten Blüten, die sich der Sonne zeigten. Die Erde war saftig und fruchtbar und nährte alles, was auf oder in ihr lebte.

Auf einer ganz besonders schönen Lichtung, so etwas am Rand im Unterholz, lebte eine kleine Hühnerfamilie, die es sich besonders schwer machte.

Ein großes Ereignis war gerade in dieser kleinen Gemeinschaft geschehen.

Küken waren geschlüpft! Sehr erfreut waren die Eltern nicht. Waren sie doch stets in Sorge und Angst, wie sie alle ihre Kinder großziehen sollten.

Es waren fünf an der Zahl. Es dauerte gar nicht lange und sie konnten bereits ihre ersten Gehversuche machen und die Welt rund ums Nest erkunden.

Ein Küken hatte eine bemerkenswerte Eigen-Art, es war außergewöhnlich verantwortungsbewusst und kümmerte sich fast wie ein erwachsenes Huhn um die Geschwister. Es sah sofort, wo Hilfe gebraucht wurde, und unterstützte die Geschwister, wenn die Mutter einmal nicht hinsah.

Stets war dieses kleine Küken darum bemüht, zu helfen, wo es nur konnte.

Die Eltern der Küken stritten sich oft und gingen nicht sehr liebevoll mit ihren Kindern um und so geschah es, dass das kleine Küken alles versuchte, um die liebevolle Aufmerksamkeit der Mutter zu erlangen.

Alles tat es, nur damit die Hühnermutter einmal zeigte, dass das kleine Küken ganz besonders gut sei.

Doch nie war die Alte so richtig zufrieden und immer mehr bemühte sich das Hühnerkind, es ihr recht zu machen. Es begann sogar, sich um die Geschwister zu kümmern, als ob es selbst die Mutter sei.

Doch egal, wie und was sie auch tat, nie waren die Eltern ganz und gar mit ihr zufrieden und es gab jeden Tag Ärger.

Das kleine Waldhuhnkind weinte sich oft abends in den Schlaf.

Die Zeit verging und als es erwachsen wurde, machte sich das kleine Huhn auf den Weg, sich ein eigenes Nest zu suchen.
Schweren Herzens verließ es das elterliche Heim und machte sich auf den Weg.

Es war sehr unsicher, ob es wohl überhaupt in der Lage war, sich ein eigenes Zuhause zu suchen. Es war davon überzeugt, dass es ja sowieso nichts so richtig konnte, und so nahm sich das junge Huhn vor, immer darauf zu achten, alles richtig zu machen, damit jeder stets mit ihm zufrieden war.

Auf dem Weg durch diesen wunderbaren Wald kam es auf eine andere Lichtung. Auch hier war es sehr schön, sogar einen Bach und einen Teich gab es hier.

Wer wohl hier wohnte?
Vielleicht konnte es ja hier einen Platz für ein eigenes Heim finden.

Es dauerte nicht lange, da kam aus dem Schilf des Teiches eine Ente auf es zu.

»Wer bist denn du?«, fragte diese und: »Was willst du hier?«

»Oh, ich bin auf der Suche nach einem eigenem Nest. Du bist sehr nett. Darf ich hier eine Weile bleiben? Ich kann euch sicherlich nützlich sein.« sagte das kleine Waldhuhn.

Die Ente war einverstanden und so blieb es dabei.

Wie sich herausstellte, hatte die Ente ebenfalls eine große Familie. Sie lebten etwas anders als die Waldhuhnfamilie und Ente und Hühnchen hatten einander viel zu erzählen.

Die Entenfamilie gab stets gute Ratschläge, wie man so oder auch so es besser machen könnte.
Teilte ihre Anschauung der Dinge mit und …
… reagierte ärgerlich schnatternd, wenn das kleine Huhn es nicht so machte, wie es die alten Enten vorgaben.

Wie sehr bemühte sich die junge Henne, so zu sein, wie es hier von ihr erwartet wurde.
Alles probierte sie, nur damit alle in der Entenfamilie mit ihr zufrieden waren. Dann nämlich fühlte sich das Waldhuhn geliebt und geborgen und war rundherum glücklich.
Und so gingen die Tage ins Land, anstrengend war es, immer so zu sein, dass die anderen liebevoll auf das kleine Huhn blickten. Immer wieder ärgerten sich die Enten über das Hühnerkind.

Eines Tages nun sagte der Entenvater: »Ja, kleines Huhn, so leid es mir tut, wir können dich hier nicht behalten. Immer wieder haben wir versucht, dich so werden zu lassen, wie wir sind.
Du hast versagt! Es ist beschlossen, du kannst hier nicht bleiben.«

Das Hühnchen war am Boden zerstört. »Ich habe mir doch solche Mühe gegeben. Habt ihr das denn nicht bemerkt?«

Der Erpel schüttelte nur den Kopf und ging.

Traurig machte sich das Huhn auf den Weg und verließ diesen Ort. Viele Tage wanderte es und traf vielerlei Geschöpfe. Alle waren stets mit sich beschäftigt und jeder hatte einen anderen Rat für sie.

Der Frosch, den sie an einem stillen Wasserlauf antraf und dem sie ihr Leid klagte, hatte einen Rat: »Vielleicht solltest du lernen, wie ein Frosch zu quaken. Dann wirst du ganz sicher anerkannt. So ein Froschkonzert ist ausgesprochen schön und wird durchaus bewundert.«

Das Waldhuhn ging also weiter und übte Stunde um Stunde zu quaken wie ein Frosch.

Während es so übend seines Weges ging, begegnete ihm eine Katze.
»Hallo, Huhn! Was quakst du denn so komisch? Hast du dich verschluckt? Kann ich dir helfen?« fragte diese.

»Ach, Katze, ich weiß nicht, wie ich es am besten machen soll, damit ich im Leben einfach glücklich bin. Kannst du es mir nicht sagen? Du wirkst doch so recht glücklich auf mich.«

»Na sicher kann ich es dir verraten. Doch dazu musst du erst einmal miauen. Wenn du das dann kannst, wirst du merken, wie glücklich du bist.«

»Ich danke dir, Katze.« Und das kleine Huhn ging nun, das Miauen übend, weiter.

Doch auch das gelang so recht nicht und das Hühnchen wurde immer unglücklicher und zweifelte immer mehr an sich selbst.

Da traf es auf einen Storch. Auch diesen fragte es nach der Formel des Glücklichseins.

»Ganz einfach«, sagte dieser, »stelle dich auf ein Bein, ziehe das andere hoch und klappre mit dem Schnabel. Du wirst sehen, wenn du das richtig machst, spürst du, wie es dich glücklich sein lässt.«

Das Huhn versuchte es und fiel fast um dabei. Auf einem Bein stehen, das ging ja recht einfach. Doch dabei auch noch mit dem Schnabel zu klappern war fast unmöglich.

So richtig gelang es nicht.

Traurig über sich selbst gelangte es auf eine Lichtung, auf der es gerade lebhaft zuging. Die unterschiedlichsten Tiere waren hier versammelt.

Am auffälligsten war eine Schar Krähen. Sie waren am Platz die lautesten Teilnehmer.
Neugierig ging unser Hühnchen auf die Krähen zu.

»Was willst du denn hier?!«, begrüßten die schwarzen Gesellen das kleine Waldhuhn.

»Ach, ich bin recht unzufrieden mit mir und weiß schon gar nicht mehr, wie ich es richtig machen soll. Ich glaube, ich kann gar nichts richtig. Ich möchte doch alles richtig machen und mich dann ganz einfach glücklich fühlen. Könnt ihr mir nicht helfen?«

»Na klar!«, kam da die Antwort einer Krähe aus der Schar. »Bleib eine Weile bei uns und schließe dich uns an. Dann wirst du schon lernen, wie man am besten im Leben durchkommt.«

Und so geschah es dann auch.

Die anderen Krähen stimmten zu und so kam es, dass das Hühnchen versuchte, wie eine Krähe zu sein.

Doch schon das Fliegen mit ihnen wollte nicht so recht gelingen. Die Krähen waren exzellente Flugkünstler, während das Waldhuhn eher bauchlastig gerade so über die Baumwipfel kam.

Die Krähen umkreisten es und schrien: »Du musst dabei krächzen wie wir. Dann kannst du sein wie wir und wirst dich glücklich fühlen!«

Nun wurde es erst recht kompliziert. An Flughöhe zu gewinnen und gleichzeitig wie eine Krähe zu krächzen gelang auch nach mehrstündigem Üben nicht.

Oh, wie unglücklich war nun das Huhn.

Nichts, aber auch nichts gelang ihm richtig. Es war schier verzweifelt und glaubte, es sei gar nicht richtig auf dieser Welt. Alle konnten alles so gut und waren einfach glücklich.

»Nur ich bin ein völliger Versager. Nichts kann ich richtig. Oh, Gott, wie mach ich es nur?!«

Hängenden Kopfes schlich das kleine Waldhuhn den Weg entlang. Es bemerkte nicht, dass ihm ein alter Hund entgegenkam. Dieser sah, wie traurig und verzweifelt das Huhn war.

»Was um Himmels willen ist denn mit dir los?!«, sprach er es an.

Es erschrak und antwortete: »Ich bin zu gar nichts nütze. Meine Eltern hatten schon recht.
Nichts will mir gelingen und ich weiß immer noch nicht, wie es geht, dass ich einfach glücklich bin.«

»Hm.« Der Hund dachte nach und fragte: »Was hast du denn alles versucht?«

»Ach, so viel. Ich wollte wie eine Ente sein, es gelang nicht. Ich habe gequakt wie ein Frosch und … es gelang nicht. Ich habe miaut wie die Katze und wollte sein wie sie, doch glücklich hat auch das mich nicht gemacht. Es gelang nicht. Dann habe ich versucht zu tun, was der Storch mir riet, doch, du ahnst es sicherlich, … es gelang nicht.

Tja, und dann waren da noch die Krähen. Noch nicht einmal das ist mir gelungen, so zu sein wie sie, um einfach glücklich zu sein.«

Das Waldhuhn atmete tief ein und aus, blickte todunglücklich den Hund an und sprach:

»Kannst du mir denn nicht sagen, wie ich richtig bin, damit alle mich mögen und ich einfach glücklich bin? Ach, bitte, hilf mir doch.«

Der alte Geselle dachte nach. Schaute sich das Hühnchen genauer an und fragte:

»Bist du in all der Zeit schon einmal einfach nur das wunderbare Waldhuhn gewesen, das du ja bist?!«

* * *

Das Wertvollste

Das Wertvollste, was der Mensch hat
und wofür er sein Leben lang verantwortlich ist,
ist er selbst.

* * *

Aus anderer Sicht …

Der Mensch sieht ganz aus seiner Sicht,
wie andrer ist,
gut oder schlecht.

Statt zu erkennen,
wie schaut es aus, aus andrer,
spricht er aus,
was nur er denkt aus seiner Sicht,
und die Wahrheit ist es trotzdem

… nicht.

* * *

Die Familienburg …

Was für eine sichere Burg.
Aus dem Bedürfnis nach Sicherheit,
vor Langem schon,
von Menschen konstruiert.
In dem Laufe dieser Zeit, verbessert,
ausgefeilt, noch sicherer gestaltet.

Hier nun ist das Familienmitglied gut und sicher aufgehoben.
Hier wird ihm die Zugehörigkeit garantiert.

Doch nicht bedingungslos, oh nein.

An die Regeln in der Ordnung der Familie gilt es sich zu halten,
denn sonst droht die Gefahr in diesem Sicherheitskonstrukt,
verbannt zu werden aus dieser Burg
in die Freiheit,
die, wie allen bekannt, wenn noch unbekannt, gefürchtet wird.

Das Mitglied der Familie vermeidet tunlichst diesen Umstand,
wird alles tun, damit Familie ihn liebt, und sagt: »Du bist gut.«

Dann hat dieses Kind den so ersehnten Segen
und schaut voll Sehnsucht
aus der Burg ins wahre, unbekannte Leben.

Erahnt den Segen des Lebens und die unermessliche Freiheit
darin
… und nutzt es nicht.

Sehnt sich ein Leben lang,
ganz tief in seinem Innern,
und hofft sich zu erinnern,

was außerhalb dieser Burg einst wa(h)r.

* * *

Das Falkenkind

Eine schöne Zeit war es in diesem Jahr. Der Frühling hatte zeitig eingesetzt, die Sonne hatte bereits im Februar eine schon wunderbar wohltuende Kraft. Die Natur atmete spürbar auf.

Auch einem Falkenpärchen erging es wundervoll damit. Das Wetter war wie für liebende Falken geschaffen. Es gab Nahrung im Überfluss und es entstand der sehnliche Wunsch nach Nachwuchs.

Liebevoll gingen beide miteinander um und es dauerte auch gar nicht lange, da fühlte das Falkenweibchen, dass es an der Zeit war, das Nest aufzusuchen.

Sie legte an einem milden Sonnentag ein einziges Ei.

Oh, wie war die Freude groß. Die Falkenmutter brütete und der Falkenvater gab acht und beschützte seine kleine Familie.

Die Tage gingen ins Land und die beiden wurden langsam ungeduldig, zu groß war doch die Freude auf das kleine Falkenkind, das zu ihnen wollte.

Eines Morgens dann, die Sonne war gerade aufgegangen und der Tag versprach warm und schön zu werden, kam ein kratzendes Geräusch aus dem Ei. Die Falkenmutter war alarmiert.
Es ging los! Aufgeregt schaute sie zu, wie ein Riss in der Eierschale entstand. Es dauerte gar nicht lange, da sah sie einen gelben Schnabel und gleich darauf ihr Falkenküken.

Der Falkenvater war nicht weniger aufgeregt, schwang nach dem Erblicken seines Kindes, das, wie sich zeigte, sogar ein Junge war, hoch auf in die Lüfte und rief seine Freude mit lautem Falkenschrei in die Welt.

Nun begann eine verantwortungsvolle Zeit. Das Junge wollte versorgt sein und die Alten hatten gut zu tun, es zu füttern und zu beschützen.
Alles taten sie, damit es ihrem Kind gut ging.

Das Falkenjunge wurde immer größer und die Eltern teilten ihm nun ihre Lebenserfahrung mit, sodass es für die Zukunft gut gerüstet und damit auch sein Überleben in dieser Welt gesichert war.

Oh ja, sie brachten ihm alles bei, was erforderlich war. All ihre Erfahrung teilten sie ihm mit.
Sie zeigten ihm, wie das Leben geht.

Die Zeit kam, da das Falkenjunge flügge wurde. Der Falkenmutter entging dieser Moment.

Sie hörte nicht auf, sich um den Sohn zu sorgen. Weiterhin gab sie ihm alle Versorgung, die er benötigte. Ihr Sohn brauchte gar nicht viel zu tun. Sie erteilte ihm gute Ratschläge und war der Meinung, so ganz alleine für sich zu sorgen, das könne er noch nicht.

So ging die Zeit ins Land und der Falkenknabe war schon längst ein Falkenmann.

Eines Tages nun sagte das erwachsene Falkenkind zu seiner Mutter: »Ich möchte gern ein eigenes Nest. Ich bin doch jetzt schon groß.«

Die Mutter antwortete: »Meinst du, dass du schon allein zurechtkommst? Ich weiß ja nicht so recht, es ist gar nicht so einfach, einen eigenen Haushalt zu führen. Du musst sauber machen, für Essen sorgen und bist dann immer allein.«

Der Junge sprach darauf: »Ich weiß das alles. Ich mach das schon, habe ich doch alles bei euch gelernt.«

»Na gut«, sagte die Falkenmutter, »ich spreche mit deinem Vater darüber.«

Der Vater war von der Idee ganz angetan und fand es selbstverständlich, dass Junior nun alleine leben wollte.

Sie überlegten, wo er wohnen wolle, und entschieden sich, gleich nebenan. Da die Familie ihr Nest in einem alten Kirchturm hatte, bot es sich an, nur zwei Meter weiter einen zweiten Horst zu errichten. Man konnte dort gar zu Fuß hingehen. Wie bequem und auch so sicher.

Man beriet und entschied und Mutter sprach: »Dann kann ich ja hin und wieder nach dir sehen.«

Und so geschah es.

Der junge Falke ging mit Feuereifer an den Nestbau. Er wollte es ganz nach seinen eigenen Ideen anfertigen. Kaum hatte er begonnen, tauchten seine Eltern auf, begutachteten sein Werk und befanden: »So geht das nicht, Junge. Es ist sicherer und besser, wenn du es so machst.«
Sie zeigten ihm, wie es ihrer Meinung nach besser war, und sie gaben ihm wie immer ihre Tipps und Ratschläge.

Das Nest wurde also fertig. Und Junior zog um. Er konnte tatsächlich alles zu Fuß erledigen, zu fliegen brauchte er nicht, um in sein Zuhause zu gelangen.

Dort eingezogen, war er mächtig stolz. Doch nun stellte sich die Frage der Versorgung.

Doch seine Mutter hatte daran schon gedacht: »Weißt du, mein Sohn, dein Vater und ich müssen ja ohnehin für Nahrung sorgen, da bietet es sich an, dass wir für dich gleich alles mitbringen. Außerdem hast du noch gar keine Erfahrung. Wir machen das schon für dich.«

»Na gut«, sagte der Junge. »Warum auch nicht. Dann kann ich ja was anderes machen.«

»Ja, was willst du denn machen?«, schreckte die Mutter hoch. »Oh, ich könnte zum Beispiel fliegen und die Gegend anschauen.«

»Ach, mein Junge, das ist viel zu gefährlich. Du kennst die Gefahren des Lebens ja noch gar nicht. Da könnte dir Schlimmes widerfahren. Bitte bleibe hier in der Nähe und wage dich nicht weg. Wir können nur hier auf dich aufpassen. Du weißt doch, wir lieben dich so sehr und wollen nur dein Bestes.«

Der Vater stimmte seiner Frau zu und dabei blieb es dann. Der junge Falke, längst flügge, blieb in der Nähe seiner Eltern.

Was er machte und wie er es gestaltete, seine Eltern, so ganz in liebevoller Sorge um ihn, sprachen stets: »Junge, was hast du denn hier wieder gemacht!?
Es geht so, wie wir es dir sagen, wesentlich leichter und besser. Höre doch bitte endlich auf das, was wir dir raten. Wir lieben dich doch.«

Und so blieb der junge Falke, der inzwischen bereits lange erwachsen war, immer in der Nähe seiner Familie.

Natürlich kam auch die Zeit, in der der Wunsch nach einer eigenen kleinen Familie in ihm erwachte. Er begann sich nach einer Partnerin zu sehnen.

Und es trug sich tatsächlich zu, dass eines schönen Tages eine hübsche Falkenfrau auf dem Kirchturm, auf dem er mit seinen Eltern lebte, Rast machte.

Oh, wie war er aufgeregt. Er wagte es, sie anzusprechen, und auch sie war ganz angetan von dem stattlichen Falkenmann, der er inzwischen war.

»Lebst du hier auf diesem Turm?«, fragte sie ihn. »Ja, es ist recht gemütlich hier und so sicher. Hast du nicht Lust, ein wenig hierzubleiben?« Er bekam Herzklopfen bei dem Gedanken.

Die Falkendame war nicht abgeneigt. War ihr doch der Falkenjunior sehr sympathisch.

Und sie blieb. Am nächsten Tag sprach sie: »Kommst du mit? Wir müssen für Nahrung sorgen.«

»Nein«, erwiderte er. »Das brauchen wir gar nicht. Es ist viel zu gefährlich und ich kann das auch gar nicht so richtig. Meine Eltern bringen uns schon was mit. Sie wissen viel besser, wie es geht.«

»Hm«, kam da von seiner Freundin. »Gut, dann bleib ich eben hier. Mal verwöhnt zu werden ist sicherlich auch ganz schön.«

Und so blieb sie da und sie vertrieben sich die Zeit mit kleinen Neckereien und kurzweiligen Gesprächen.

Gegen Abend kamen seine Eltern und brachten ihnen allerlei leckere Sachen mit.

So vergingen die Tage. Immer wieder versuchte die kleine Falkenfrau, ihren Freund zu überreden, mit ihr durch die Lande zu fliegen. Doch jedes Mal sagte er ihr, dass er es besser seinen Eltern überlasse.

Eines Tages sprach die Freundin: »Weißt du was, mir ist das hier zu langweilig. Ich bin es leid, immer von deiner Familie versorgt zu werden. Ich möchte allein auf meine Weise für mich sorgen. Möchte wieder in die Weite fliegen und die Freiheit meines eigenen Lebens spüren. Ich möchte meinem Leben wieder einen Sinn geben. Komm doch mit mir und lass uns ein Nest bauen, so ganz für uns allein. Lass uns eine Familie gründen, so wie wir es wollen.«

Erstaunt schaute der Falke sie an: »Wie soll das denn funktionieren? Ich weiß doch gar nicht so recht, wie ich es richtig mache. Weißt du es denn?«

Das kleine Falkenweibchen wusste darauf nur eine Antwort: »Probier es aus, auf deine Weise zu leben. Du wirst sonst niemals wissen, wie es ist, in eigener Kraft und Verantwortung für sein Leben zu sein.«

Und wieder jammerte der Falke: »Ja, aber meine Mutter hat gesagt, ich bin am sichersten in ihrer Nähe.«

Die kleine Freundin sah ihn traurig an. »Ja, dann wünsche ich dir alles Gute!« Sprach 's und flog davon.

Nun war der junge Mann traurig. Er ging zu seiner Mutter und erzählte ihr von dem Ereignis.

»Sei nicht traurig, mein Junge. Da wird eine andere kommen. Und bis dahin sorgen wir gut für dich.« Sie tröstete ihn und bald ließ der Trennungsschmerz nach, der Alltag hatte ihn wieder.

Viele Jahre ging das so. Es kamen noch einige Falkenfrauen auf den Kirchturm dieser Falkenfamilie. Doch keine hielt es lange aus. Der Falkensohn, längst über das jugendliche Erwachsenenalter hinaus, selbst schon fast alt, die Eltern längst schon im Großelternalter, versorgten den Sohn nach wie vor und gaben ihm immer noch ihre Ratschläge.

Doch es hatte sich etwas verändert. Keiner war mehr richtig glücklich. Eine nicht zu benennende Schwere hatte sich eingeschlichen. Unzufriedenheit bei allen war zu spüren.
Müde waren sie alle drei.

Nun trug es sich zu, dass die inzwischen alte Falkenmutter krank wurde. Der Mann war in großer Sorge um sie. So richtig wollte sie nicht mehr gesund werden. Die gemeinsame Sorge um den inzwischen ebenfalls recht alten Sohn war im Laufe der Jahre eher größer geworden, statt zu schwinden.

Sie hörten von einem alten weisen Uhu, der ganz in der Nähe in einem uralten Baum lebte.
Bei ihm konnte man sich Rat und Hilfe suchen. Die Falkenmutter beschloss, diesen Uhu aufzusuchen.

Eines frühen Morgens machte sie sich auf den Weg und traf den Uhu auch an.

»Guten Tag, Uhu.«

»Guten Tag, Frau Falke. Was führt dich zu mir?«

»Ach, Uhu, es geht mir recht schlecht. Ich bin so krank geworden und es will so recht nicht besser werden. Müde bin ich, mach ich mir doch ständig Sorgen um mein Kind.«

Der Uhu hörte nun die ganze Geschichte und stellte dann die Frage: »Wie alt ist denn dein Kind, dass du dich so um es sorgst?«

Sie nannte ihm das Alter ihres Sohnes und der Uhu stellte fest: »Dann ist er ja bereits in seiner Lebensmitte angelangt. Wieso sorgst du dich um einen erwachsenen Falkenmann!?«

»Oh, das ist ganz einfach zu erklären. Er macht es immer wieder anders, als wir es ihm vorgelebt und erklärt haben. Doch inzwischen ist es so, dass er fast gar nicht mehr auf uns hört und sich jetzt schon länger nicht mehr bei uns gemeldet hat. Er sitzt nur noch in seinem Nest.«

Der Uhu sprach: »Habt ihr eurem Sohn nicht alles beigebracht, was ein Falke wissen muss, um gut zu überleben? Habt ihr ihn nicht alles gelehrt, was ihr aus eurer Sicht für überlebenswichtig haltet? Weiß er durch euch nicht auch jede Lebensregel?«

»Selbstverständlich haben wir ihm alles beigebracht und auch vorgelebt. Wir lieben ihn doch so sehr. Und du kannst mir glauben, wir haben sehr gut überlebt. Deswegen ist es ja so wichtig, dass unser Sohn es macht wie wir. Dann wird es ihm eines Tages gut ergehen.«

Wieder sprach der Uhu: »Geht es dir denn gerade so gut?«

»Nein«, sagte überrascht die Falkenmutter. »Schon länger nicht mehr. Wir sind alle müde und lustlos, ja, irgendwie ist alles so unbefriedigend. Ich weiß jedoch gar nicht so recht, warum das so ist und wann es angefangen hat. Mit unserem Sohn gibt es auch nur Ärger in letzter Zeit und seit einigen Tagen meldet er sich gar nicht mehr bei uns.«

Sie wurde nachdenklich.

»Ist dein Sohn ein Falke mit allem, was einen Falken ausmacht? Oder ist er krank und schwach? Hat er von euch doch alles gelehrt bekommen, was er zum Überleben braucht, wieso sorgst du dich dann um ihn? Hast du Angst um ihn?«, fragte der alte Weise.

»Ja! Selbstverständlich. Er ist so unbeholfen. Das macht uns ja gerade solche Sorgen. Und nun bin ich doch auch noch krank geworden«, jammerte die Falkin.

Der Uhu sagte: »Das heißt ja, dass du deinem Sohn nicht vertraust, ihm also gar nicht zutraust, sein eigenes Leben ganz auf seine Weise zu erfahren und zu erleben. Hm, hm. Sag mal, hat er Flügel??«

»Sicher doch, und was für welche!«

»Kann er damit fliegen, gute Frau?«

»Ich denke, schon.«

Wann ist er denn das letzte Mal geflogen?«

»Ach, Uhu, noch nie!«

Es wurde ganz still. Gerade so, als hielte die Natur den Atem an.

Der Uhu sprach: »Willst du damit sagen, dass dein Sohn noch niemals wie ein Falke geflogen ist? Er kennt die Weite des Lebens und die damit verbundene Freiheit gar nicht?

Hast du ihn noch nie gesehen, wenn er akrobatische Flugübungen absolviert hat, immer wieder auf 's Neue nach einem scheinbaren Sturzflug steil in die Höhe aufgestiegen ist?

Ja, hast du deinem Sohn denn nie vertraut?
Vertraut, dass er sein Leben auf seine Weise leben kann?
Vielleicht solltest du damit beginnen.

Und dann … lass ihn fliegen!«

Das innere Kind

Wie oft ist von ihm doch die Rede,
das Kind, das innere, in jedem.

Irgendwann im Laufe eines Menschenlebens
vergessen und verdrängen wir,
was in uns ist,
aus Kindersicht.

Und irgendwann,
wenn Mensch ist ganz erwachsen,
entwachsen seinem Kind,
wird er vermissen schmerzlich,
was dieses Kind ihm gibt.

Einfach sein aus Sicht des Kindes,
noch unbedarft,
nicht eingeengt.
Voll des Vertrauens in alles,
was ist.

* * *

Wahre Herzensliebe …

Der Mensch von Natur aus liebt ganz tief aus seinem Herzen
und erfährt,
wenn er es lebt in dieser Welt,
oft großen Schmerz.

Und diese Erfahrung nun
lässt seine wahre Herzensliebe ruhn.

Im Erfahrungsschatz in seinem Hirn, dem rationalen,
nun gespeichert ist,
was ihm da widerfahren,
damals,
als er so geliebt.

Die Bedeutung hat er längst gegeben,
wahre Liebe sollte man nicht leben,
tut nur weh,
oje.

Einen erneuten Versuch,
zu lieben tief aus seinem Innern,
wagt er nicht,
in Zukunft liebt er nun aus rationaler Sicht,
verhalten, kontrolliert und vorsichtig.

Nun ist die Liebe
denkbar …

Aus tiefstem Herzen allerdings
ist sie

… spürbar…

* * *

Kleines schwarzes Schaf

Mal wieder gab es Ärger! Nichts, aber auch nichts macht dieses kleine Schaf richtig.

Außerdem sieht es auch noch anders aus. Es ist schwarz!

Manche von den anderen sagen, es bringt der Herde nur Unglück, am besten, es wäre weg.

Das kleine schwarze Schaf trottet hängenden Kopfes über die Weide, auf die sie gerade von dem Hirten getrieben wurden. Die Hunde waren auch mal wieder blöd und haben in die Beine gezwickt, wenn man nicht schnell genug war.

»Alle sind gegen mich. Immer sagen sie, mach es so oder sei so oder tu dies und mach das,« sind die Gedanken, die gerade in dem kleinen Schafskopf umhergehen.

Es blickt auf. »Wo ist denn meine Mutter? Ach, da hinten ist sie ja, da muss ich mich beeilen, dass ich sie nicht verliere.«

Es saust übermütig hinter her und beim Näherkommen geht es schon los: »Wo warst du nur? Du weißt doch, dass du dich nicht so weit von mir entfernen sollst. Immer deine Träumereien. Eines Tages wird dich noch der Wolf holen. Du machst nur Schwierigkeiten, immer nur Schwierigkeiten. Und wie du wieder aussiehst. Allein, dass du schwarz bist, ist schon schlimm genug, nun auch noch die ganzen Kletten und Grashalme, der ganze Dreck.«

Die Mutter wendet sich ärgerlich ab und das kleine Schaf steht da und fühlt sich schlecht.
Das hat es doch gar nicht gewollt, es hat doch nur gespielt und gar nicht bemerkt, dass die Mutter schonweiter gegangen war. Der Versuch, dieses der Mutter zu erklären, scheitert kläglich. Die winkt ab und dreht sich erst gar nicht zu ihm um.

»Na gut, dann geh ich eben zu meinem Bruder, der spielt sicherlich mit mir.« Mit diesen Gedanken macht es sich auf die Suche nach dem älteren Bruder.

Unter der großen Eiche findet es den Älteren. Er steht brav im Schatten und sieht außerordentlich gut aus. Schöne weiße Wolle, alles sauber und adrett. Kein Grashalm und keine Kletten im Fell, einfach ordentlich und nett. Das kleine Schaf versteht, dass die Mutter stolz auf den Bruder ist.

Plötzlich entdeckt der große Bruder das Geschwisterchen, schwarz und voller Gras und Kraut vom Rumtollen. »Wie siehst du denn aus? Musst du uns denn immer so blamieren? Reicht es nicht schon, dass du statt weiß schwarz bist?«

Das kleine Schaf ist ganz betroffen. Nun sagte mal wieder der Bruder das Gleiche wie die Mutter. Keiner in seiner Familie war mit ihm zufrieden.

Bestürzt überlegt es, was es tun soll, damit sie sich wieder an ihm erfreuen könnten.

Oh! Das ist eine gute Idee! Das Grünzeug muss aus der Wolle. Doch wie?! Ach ja, so wird 's gehen!

Es rennt zur Eiche, schrubbt sich am Stamm, saust durch das in der Nähe stehende Gebüsch, denn an den Ästen blieb gewiss alles hängen. Saust noch mal durch, wieder zurück, noch mal durch, mehr nach rechts geneigt, wieder durch, mehr nach links geneigt, damit auch alles wie gekämmt aussieht. Fertig, raus aus dem Gebüsch, noch mal zum Baum, an der Rinde schrubben. Fest an die Rinde gepresst links herum, gewendet und rechts herum. Fertig!

Stolz und erhobenen Hauptes steht es nun vor dem großen Bruder. »Na, was sagst du nun? Alles ab!«

Der Bruder schaut, schweigt, schaut wieder, sagt immer noch nichts.

»Bist du jetzt zufrieden?«, fragt das schwarze kleine Schaf und öffnet vertrauensvoll sein kleines Herz in ganzer Liebe zu dem großen Bruder und der Erwartung, dass dieser nun liebevoll reagieren würde.

Dieser blickt noch immer schweigend auf das Lämmchen. Doch dann bricht es aus ihm heraus: »Ja, bist du denn zu gar nichts nütze? Schau dich jetzt mal an! Du siehst schlimmer aus als vorher. Deine ganze Wolle ist voll von kleinen trockenen Ästen und mit Blattresten übersät. Merkst du nichts mehr? Wie konntest du glauben, dass du auf diese Weise sauber wirst, und außerdem bist du immer noch schwarz.« Mit diesen Worten wendet er sich ab und lässt das Kleine wie einen begossenen Pudel oder besser wie ein begossenes Schaf stehen.

Oh, wie weh tut das im Herzen des kleinen Kerlchens.

Nichts war richtig, alles war immer nur falsch und die Familie war wieder einmal genervt und unzufrieden.

»Ich möchte hier gar nicht mehr sein«, denkt es und trottet hängenden Kopfes davon.

Es war doch immer wieder das Gleiche. Egal, was und wie es etwas tat oder auch nicht, keiner war zufrieden. Alle sagten nur, wie dumm oder anders es doch sei.

»Na ja, wenn die Familie das so sagt, wird das schon stimmen. Die müssen das einfach wissen. Ja, ja, ich tauge dann wohl wirklich nichts.« So denkt es und nähert sich langsam dem Weidenzaun.

Es bemerkt gar nicht den Sperrmüll, der offensichtlich von irgendjemand hier abgeladen worden war. Ganz nah herangekommen, hebt es den Kopf und entdeckt diesen komischen Berg da hinter dem Weidenzaun. »Komisch, was ist denn das?«, und geht neugierig geworden noch näher heran. Langsam, vorsichtig, fast schleichend, so wie ein Schäfchen nun eben schleichen kann, nähert es sich dem Berg alter Möbel.

Oh, Schreck! Entsetzt springt es in einem Satz einen halben Meter rückwärts. Da war ein Tier! Doch jetzt war es weg.

Zweiter Versuch, geduckt, fast auf dem Bauch liegend … ebenfalls ein Kunststück für ein Schaf, auch wenn es noch ein Lamm ist … pirscht es sich an.

»Oh wie gut, dass der Zaun dazwischen ist«, denkt es. Da ist es wieder! Das andere Tier.
Mutig bleibt das kleine schwarze Schaf stehen, und tatsächlich, das andere Tier auch.
Beide stehen in der gleichen Haltung da. »Es ist auch so ein Schaf wie ich«, bemerkt das Lämmchen still für sich und wagt es, sich aufzurichten. Das andere richtet sich ebenfalls auf.
Es guckt völlig verschreckt. »Wer bist du?«, fragt das kleine schwarze Schaf. Keine Antwort. »Gehörst du zu unserer Herde?« Wieder keine Antwort. »Ob es nicht sprechen kann?«, denkt es bei sich.
Laut sagt es: »Du siehst so traurig aus. Außerdem bist du voller kleiner Äste und so ’nem Blätterkram und schwarz bist du auch noch.«

Wieder keine Antwort.

»Kannst du nicht sprechen?« Stille, das andere Schaf schweigt. Guckt nur so erwartungsvoll.

»Vielleicht kann ich dir ja irgendwie helfen. Ich komme morgen wieder. Bist du dann auch noch hier?«, überlegt das kleine Schaf laut, doch wieder kommt keine Antwort.

»Na, macht nichts, wenn du nicht sprechen kannst. Bist du genauso allein wie ich?« Es schaut zurück zu seiner Herde und sieht, dass die Mutter Ausschau hält. »Sicher vermisst sie mich schon. Oje, das gibt wieder Ärger«, denkt das kleine Schaf und sagt zu seinem Gegenüber: »Weißt du was, ich komme morgen einfach wieder«, und saust zurück zur Herde.

Es überlegt sich: »Bestimmt hat das kleine fremde Schaf da draußen keinen, der es lieb hat. Es sieht aber auch fürchterlich ungepflegt aus! Morgen geh ich wieder hin!«

Am nächsten Morgen macht sich das kleine Lamm gleich früh auf den Weg zum Weidenzaun.
Und tatsächlich ist das fremde schwarze Schaf auch da. Heute sieht es nicht gar so zerzaust aus. Das kleine schwarze Schaf spricht liebevoll mit dem Fremden und hält einen Monolog nach dem anderen.

»Vielleicht geht es dir ja wie mir, weißt du, ich bin in den Augen meiner Familie nicht so sehr viel wert. Sie müssen ständig mit mir schimpfen. Ich kann mich noch so sehr anstrengen, irgendwie mach ich alles falsch. So sagen sie es mir jeden Tag. Und wenn eine Familie das sagt, dann muss das ja wohl stimmen. Meine Mutter sagt es auch ganz oft, dann wird da wohl was dran sein, schließlich haben sie mich ja lieb. Wenn ich es zwischendurch mal so zufällig richtig mache, dann sind sie zufrieden und freundlich zu mir.«

Es macht eine Pause, schaut das kleine fremde Schaf liebevoll an und sagt: »Vielleicht ist es dir ja auch so ergangen. Weißt du was, lass uns einfach Freunde sein.«

Jeden Tag geht es nun zum Weidenzaun und erzählt dem anderen Schaf hinter dem Zaun, dass es gar nicht traurig zu sein braucht, es doch gar nicht allein auf dieser Welt ist und wie liebenswert es doch ist. Außerdem teilt es ihm jeden Tag mit: »Du hast doch auch schon einen Freund! Mich! Weißt du, ich hab dich richtig lieb!«

Das fremde kleine Schaf sieht auch bereits nicht mehr so traurig aus, ganz im Gegenteil.
Jeden Tag wirkt es auf das kleine Schaf ein wenig glücklicher.

Eines Tages nun, es hatte wieder einmal lange und liebevoll mit dem kleinen Freund erzählt, schaut es ihn an und fühlt in seinem kleinen Herzen so viel Liebe, dass es förmlich aus ihm herausbricht: »Ach, ich hab dich einfach lieb! Und weißt du was, du siehst gar nicht so schlimm aus. Du bist sogar richtig hübsch mit deiner schwarzen Wolle. In der Sonne glänzt sie wie reinste Seide!«

Das kleine schwarze Schaf nickt selbst zustimmend und schaut sein Gegenüber hinter dem Zaun liebevoll an. Und da sieht es, dass dieses ebenfalls liebevoll schaut und zustimmend nickt. Da wird es ganz glücklich. Du magst mich auch, ja?« Und es nickt freudig und das andere Schaf nickt ebenfalls. »Oh, wie fein, dann sind wir jetzt die allerbesten Freunde!«

Stolz erhobenen Hauptes läuft es überglücklich zur Herde und ab diesem Tag denkt es immer an seinen treuen Freund hinter dem Zaun, wenn jemand zu ihm sagt, es sei nichts wert und tauge nichts. Und dann macht es ihm überhaupt nichts mehr aus. Es weiß ja jetzt ganz genau, dass es wertvoll und liebenswert ist. Es hat den besten Freund der Welt.

Gott sei Dank stand der Spiegel im Sperrmüll ....

* * *

Angst und Tradition

In seiner Angst,
allein und einsam zu sein,
bindet Mensch sich an die Tradition,
die allein nur dazu dient,
sich zu binden,
um sicherzustellen,
dazuzugehören,
niemals
allein und einsam zu sein.

* * *

Anspruch

»Du tust mir gut«,
sagt ein Mensch zum anderen.
»Ich brauche dich so sehr.«

Und alles ist gut, so lang, bis es dem, der guttut,
selbst nicht gut mehr geht.

Nun kann er dem,
dem er so gut getan,
nicht gut mehr tun und erfährt,
was nun passiert.

»Ich brauch dich jetzt, wo bist du nur?!«,
sagt der, dem wurde gutgetan.
Bemerkt in seinem Vorwurf nicht,
der, der immer ihm so gut getan,
hätt selbst gebraucht
das Gute.

War selbst ganz müde, so unbemerkt.
Doch der,
dem dieser Mensch so gut getan,
ist ganz empört.

»Wo bist du nur?! Was hast du denn?! Es ist doch unerhört!
Ich brauch dich doch, du tust mir doch so gut …

=========

Der Anspruch, den ich an den andern hab,
ich erst mal richt an mich.
Und nehm ich von dem andern dann,
gleich ich es aus und geb.

Im Gleichgewicht, so sollt es sein,
das Geben und Nehmen,
das wäre fein.

* * *

Die Perle

In den Tiefen des Ozeans, in einer faszinierenden, schillernden Welt eines Korallenriffes lebte einst eine Muschelkolonie. Sie bestand aus vielen, vielen Muscheln, die hier vor langer Zeit ihr Zuhause gefunden hatten.

Es erging ihnen hier sehr gut und jede von ihnen trug in sich eine wunderbare Perle. Jede Perle symbolisierte das Leben und war auf ihre Weise herrlich und unverwechselbar. Alle waren äußerst zufrieden mit ihrem Leben.

Eines schönen Tages nun tauchte in der Gegend ein Fremder auf. Es war ein Fisch, so schön anzusehen, dass man erst einmal gar nicht mehr wegschauen konnte, begegnete man ihm. Charmant und galant, sehr höflich und freundlich wirkte er auf die Muscheln.

Es gefiel ihm hier in dieser Kolonie, er fühlte sich wohl und beschloss zu bleiben. Er knüpfte Kontakte zu anderen Bewohnern dieses Riffes und natürlich lernte er auch die eine oder andere Muschel näher kennen. Und so entging ihm auch nicht, dass jede Muschel in sich eine Perle trug, eine glänzende, einzigartige Kostbarkeit.

Der bunte Fremdling stellte fest, dass jede Muschel so eine Perle besaß und dass es zwar immer eine Perle war, diese sich jedoch in Form und Farbe durchaus unterschieden. So ganz individuell, so wie ja auch jede Muschel sich in der äußeren Form von anderen unterschied.
Niemandem außer dem Fisch war das bisher aufgefallen.

Dieser begann nun, diese Unterschiede hervorzuheben und die einzelnen Perlen zu bewerten.
Es dauerte nicht lange, da gab es auch ein Maß für die Schönheit und Einzigartigkeit jeder Perle und der Muschel, in der sie zu finden war.

Unter den Muscheln begann es unruhig zu werden. Sie begannen sich zu vergleichen und untereinander zu tuscheln und zu werten und so dauerte es gar nicht lange und die Muscheln brauchten immer wieder die Bestätigung einer anderen, ob sie so gut genug oder anders sein müssten, um wieder gut und wertvoll zu erscheinen.

Keine war mehr so wirklich mit der eigenen Perle zufrieden, immer gab es eine, die besser war.

So erging es auch einer Muschel, die ein wenig klein geblieben war und deren Perle entsprechend in der Größe sicherlich gut zu ihr passend, jedoch, in der Bewertung gesehen, ebenfalls ein wenig klein erschien.

Immer wieder, wenn die kleine Muschel eine Freundschaft beginnen wollte, präsentierte sie ihre kleine Perle, gab sie dem anderen und dachte, nun würde sie geliebt und geachtet.

Jede Muschel tat das inzwischen. Man gab seine Perle dem anderen, ließ sie ihm, damit er jetzt bewerte, was man selbst für mangelhaft hielt.

So ging das nun über lange, lange Zeit. Heute weiß keiner mehr, wie lange eigentlich.

Die Muscheln waren inzwischen nicht mehr in der Lage, den eigenen Wert zu erkennen, und man hatte sich daran gewöhnt, die Perlen der anderen zu betrachten und zu bewerten.

Unsere kleine Muschel nun, war so sehr damit beschäftigt, stets die Perlen von Freunden und Bekannten sowie Familienmitgliedern zu beurteilen, dass es die eigene gar nicht mehr wahrnahm, ja sogar beinahe vergessen hatte, dass sie ebenfalls solch eine Kostbarkeit in sich trug. Nur manchmal, wenn jemand sagte, wie nett und hilfsbereit sie doch sei, erinnerte sie sich leise daran.

Die Tage vergingen und hin und wieder erschien ihr das Leben schwer und Sorgen und Ängste nahmen eher zu als ab.

Eines Tages nun als sie einen Spaziergang machte und sich ein wenig von den alltäglichen Sorgen ablenken wollte, prallte sie beinahe auf einen großen Fisch, der ganz versteckt im Sand des Meeresbodens ruhte. Nur der Kopf und ein Teil der Rückenflosse waren zu sehen.

Sie erschrak, denn das riesige Maul und die großen Augen beeindruckten sie doch sehr.

Er öffnete plötzlich sein Maul und der Sog, der dabei entstand, zog die kleine Muschel ganz nah heran.

»Oh, bitte nicht!«, schrie sie noch, da ging das Maul wieder zu und die nun entstandene Strömung spülte sie wieder in eine sichere Entfernung.

Der Fisch hatte den Schrei vernommen und erkannte die Gefahr für die kleine Muschel.

Ganz vorsichtig, mit fast geschlossenen Lippen, und hier muss man ihm Anerkennung aussprechen, denn das ist für einen Fisch wirklich fast unmöglich, quetschte er die Worte heraus: »Entschuldige. Ich wollte dich nicht erschrecken, kleine Muschel. Ich freue mich, dich kennenzulernen, und vielleicht hast du Lust, ein wenig mit mir zu plaudern und mir die Langeweile zu vertreiben. Vorausgesetzt, du kannst mich verstehen.«

Die Muschel hatte sich von ihrem Schreck erholt und wenn der Fisch so mit fast geschlossenem Mund sprach, hielt sich die Hin- und Wegbewegung in erträglichen Grenzen. Es war dann ein wenig so, wie auf den Wellen zu schaukeln.

Sie überlegte kurz und dachte bei sich: »Warum nicht, so ein wenig Abwechslung kann ja nicht schaden«, und laut sagte sie zu ihm: »Ich habe mich noch nie mit einem anderen außer Muscheln unterhalten und will gerne eine Weile hier bei dir bleiben, wenn du mir versprichst, dein riesiges Maul nicht so aufzureißen.«

»Oh, das ist nun wirklich kein Problem. Hauptsache, du kannst mich so verstehen«, quetschte der Riese hervor. »Erzähl mir ein wenig von dir, kleine Muschel.«

Und so begann die Muschel von sich und ihrem Volk zu erzählen. Alles berichtete sie ihm, auch davon, dass jede von ihnen eine wunderbare Perle produzierte. Sie klagte ihm ihr Leid und dass sie sich um den oder die so oft so viele Sorgen machte. Sie beichtete ihm auch, dass sie kaum noch schlafen könne vor lauter Sorge um die Familie. Alles würde sie Tag um Tag für andere tun, doch so richtig glücklich sind alle nicht.

Der Fisch hörte sich diese Geschichte aufmerksam an. Er fragte interessiert nach diesen Perlen. »Hat denn jede von euch Muscheln eine?«

»Ja, und was für schöne«, schwärmte seine Gesprächspartnerin. Und sie begann die verschiedensten Muschelpersönlichkeiten aufzuzählen, die ihrer Meinung nach die wertvollsten und schönsten Perlen in sich trugen.

Der Fisch bemerkte ihre Traurigkeit und stellte die Frage: »Was ist das Wertvollste, was du hast?«

Die Muschel antwortete: »Die Perle meines Kindes. Das ist das Wertvollste, was ich habe.«

Der Fisch stellte die Frage ein zweites Mal.

Die Antwort war wieder: »Die Perle meines Kindes, na ja, und vielleicht noch die Perlen meiner Familie.«

»Aha.« Er stellte eine weitere Frage: »Hast du eigentlich auch eine Perle?«

Nachdenklich geworden antwortete sie zögerlich: »Ja, doch, natürlich, aber ...«

Der riesige Fisch unterbrach sie: »Ist es nicht so, kleine Muschel, dass das Kostbarste und Wertvollste, was du hast, deine eigene Perle ist?!

Ist es nicht so, kleine Muschel, dass du die Einzige bist, die sich darum kümmern kann und weiß, wie diese Perle zu hegen und zu verwöhnen und zu umsorgen ist?

Und dass du, kleine Muschel, die Einzige bist, die weiß, was diese kleine Perle braucht?!«

* * *

Je nach innerer Verfassung
nimmt der Mensch die Worte auf.

Und je nach innerer Verfassung
gibt er ihnen
seinen
Sinn.

* * *

Der kleine Baum

Zu einer Zeit, als die Bäume noch sprechen konnten, trug sich in einem großen Wald, nahe einer Lichtung, ein Unglück zu.

Ein Unwetter riesigen Ausmaßes entwurzelte, gerade zu einer Zeit, als die Früchte aller Bäume reif zu werden begannen, eine große Fläche von wunderschönen, zum Teil schon lange dort verwurzelten Bäumen.

Es regnete und stürmte tagelang. Die Tiere, die hier lebten, liefen um ihr Leben. Ein Gewitter, ein Blitzschlag folgte dem nächsten. Der Tag war zur Nacht geworden. Es war, als ob die Welt untergehen wollte.

Erst nach fünf langen Tagen beruhigte sich das Wetter und die Sonne verschaffte sich eine Lücke zwischen den noch immer großen, dunklen Gewitterwolken.

Sie schien auf eine Stelle des alten, großen Waldes, die, und hier erschrak sogar die Sonne, vor fünf Tagen noch so idyllisch und voller Frieden war und nun aussah wie ein einziges Schlachtfeld.

Kein Baum stand mehr dort, wo er war. Alles war in Trümmern. Geborstene Stämme und gebrochene Äste. Alles Holz zersplittert und nicht mehr als Baum zu erkennen. Alles Leben ausgelöscht. So erschien es wenigstens.

Es war ein Bild des Jammers. Das, was Jahrzehnte dort lebte, war innerhalb weniger Tage völlig ausgelöscht.

Die große Katastrophe sprach sich im Wald bald herum und alle, die davon hörten, waren davon sehr betroffen. Sie nahmen sich vor, sich noch mehr als bisher Halt untereinander zu geben und ganz besonders die jungen Pflänzchen, die, die noch Baum werden wollten, zu stützen und zu halten.

Die Zeit ging ins Land und erlebte einen strengen Winter. Die Tiere kehrten so nach und nach zurück und das Leben ging einfach weiter.

Im nächsten Frühjahr begannen wie in all den Jahren zuvor die Blätter zu sprießen und wie jedes Jahr im Frühjahr keimten auch die Samen all der Bäume dieses Waldes.

Über das Bild des Jammers aus der Unwetterkatastrophe hatte sich bereits ein milder Teppich von jüngstem grünem Flaum gelegt und ließ dieses Gebiet weniger jammervoll erscheinen.

Das Leben war offensichtlich an diesen Ort zurückgekehrt.

Eine kleine Wegstrecke von diesem Trümmerfeld entfernt lebte eine Gruppe großer alter Buchen. Auch hier zeigte sich der Nachwuchs aus den im Herbst heruntergefallenen Bucheckern.

Ja, das Leben ging einfach überall weiter.

Langsam, wie Bäume ja nun mal wachsen, wuchsen auch die kleinen Buchen heran.
Man konnte bereits erkennen, dass sie einst große, stattliche Bäume werden würden.
Zwischen all diesen kleinen Buchen stand jedoch ein Bäumchen, dass eine ganz andere Blattform hatte. Es war offensichtlich keine Buche. Es wuchs einfach zwischen all den Buchen und hatte dort seinen Platz. Dieser war zu Wurzeln einer ganz alten stämmigen, Buche und das kleine fremde Baumkind stand dort gut unter den alten, ausladenden Zweigen.
Es fühlte sich hier äußerst wohl, ganz beschützt und geborgen.

Dem alten Baum war bereits aufgefallen, dass hier eine Art heranwuchs, die offensichtlich in dieser Buchenfamilie noch nie zu sehen war. Er erinnerte sich an die Baumgruppe, die dem Unwetter zum Opfer gefallen war.
Er wunderte sich hin und wieder, dass dieses Bäumchen dieser Familie nun hier beim ihm gelandet war. Wahrscheinlich hatte der Sturm den Samen hierhergetragen.

Jahre vergingen und der kleine Sämling war bereits zu einem stattlichen Baum herangewachsen. Es war so, als ob er in all den Jahren immer näher an die alte Buche herangerückt war. Es erschien fast so, als ob er sich Halt suchend an den alten Baum lehnte.

Und so war es auch. An vielen stürmischen Tagen in all den Jahren, bot der Alte standhaften Halt und der junge Baum lehnte sich tatsächlich an ihn an.

Eines schönen Tages nun, inzwischen waren viele, viele Jahre nach der Unwetterkatastrophe vergangen, der alte Baum war noch viel älter geworden, wurde dieser müde und bemerkte, dass sein Leben als Baum wohl bald enden würde.

Er spürte die Müdigkeit und Morschheit seiner Äste und in seinem Stamm schon länger.

Er schaute sich um und war zufrieden mit dem, was er sah. Viele junge und jugendliche Bäume waren in all der Zeit nachgewachsen, selbst der kleine Fremde war inzwischen stattlich geworden und so beschloss er, sich dem Leben hinzugeben und Platz zu schaffen für all die jungen Bäume, die nach dem Licht strebten.

Und eines Morgens, als die Sonne aufging, bot sich ihr ein ungewohntes Bild. Sie wunderte sich, was hier wohl anders war als am Vortag. Dann sah sie es. Die uralte Buche war über Nacht umgestürzt und lag in ihrer alten Pracht am Boden.

Der kleine Baum, der damals nach der Katastrophe dort aufgetaucht war und die ganzen Jahre an der Seite der alten Buche seinen Platz und Halt gefunden hatte, stand nun ganz alleine da.

Er weinte bitterlich und eine andere Buche, vielleicht ein wenig älter als er, sprach ihn an: »Was hast du? Was ist los mit dir?«

»Ach, weißt du, mein großer alter Freund ist nicht mehr da. Wo soll ich denn nun meinen Halt finden? Ich bin jetzt so allein und fühle mich so hilflos!«

Die Buche wunderte sich über diese Antwort und sprach: »Ja, aber wovor sollte sich ein so starker, stattlicher Baum wie du, mit einem so wundervollen Wipfel und kraftvollen Wurzeln, denn fürchten?!«

Der kleine Baum sah an sich herunter. Und nun entdeckte er, dass er längst selbst ein alter, starker Baum geworden war.

Und ganz nah an seinem Stamm keimte ein Bäumchen, das sich vertrauensvoll an ihn lehnte.

* * *

Unbegrenzt und eingeengt

Zeit ist wie ein Raum ohne Wände,
unbegrenzt, unendlich weit.
Zeit ist beweglich, dynamisch, mal zieht sie sich scheinbar lang,
mal vergeht sie wie im Flug.
Erst in ein Maß gebunden legen wir sie fest.
Wir geben ihr Wände und damit Grenzen wie einem Raum.
Wir engen sie ein, legen sie fest,
werden dadurch eingeschränkt in der Bewegung.
Erfahren die Wände,
stoßen daran und achten doch streng darauf,
sie einzuhalten, diese selbst gesetzten Mauern.

Diese Grenzen hat der Mensch sich allein ausgedacht.
Das Leben sieht
Weite, Beweglichkeit, Dynamik
in allem.

Zeit ohne Maß erscheint weder kurz noch lang.
Niemals einengend, sondern stets in der kontinuierlichen Bewegung
des Lebens integriert.
Sie fließt mit dem Leben frei und ungebunden,
ergibt sich aus dem, was gerade ist.

Und jedes »Jetzt« hat seine Zeit
und nicht gemessen ist sie
kurz oder lang und unendlich weit
in der Ewigkeit
von Raum und Zeit.

Vor langer Zeit …

Vor langer, langer Zeit, in einem Land, dessen Name längst vergessen ist, als es noch keine Zeitrechnung gab, lebten die Menschen zufrieden und glücklich.
Jeder einzelne Bewohner dieses Landes fühlte sich reich. An den kleinsten Dingen konnte sich jeder, der dort lebte, erfreuen und sie waren für alles dankbar.

Sie hatten eine Königin, die sie liebevoll und vertrauensvoll regieren ließen.
Ihr Name war Güte-Linde Würde. Sie hatte eine Tochter mit Namen Lieb- Traun, ein goldiges Mädchen, schon beinahe erwachsen und wunderschön.
Das Schloss, in dem sie lebten, war in der Stadt Liebensburg zu finden. Es war für jedermann im Lande stets geöffnet.

Es trug sich nun eines Tages zu, dass ein Fremder im Land auftauchte.
Schnell sprach es sich herum und die Bewohner der Stadt, wollten ihn kennen lernen.

Sie begrüßten ihn freundlich und führten ihn zu ihrer Königin.

Der Fremdling verneigte sich vor ihr und begann zu berichten.
Er komme von der anderen Seite des Landes. Dort sei es ganz anders. Die Menschen seien dort unzufrieden, es herrschen Neid und Unglück. Krieg sei zu befürchten. Niemand könne sich mehr helfen und er sei gesandt worden, um Hilfe zu holen.

Der Fremde, dessen Name Hilfreich Not war, wurde liebevoll angehört und man versprach ihm, sich zu beraten, wie man helfen könne.

Eine Familie aus dem kleinen Städtchen wurde gebeten, ihn in der Zeit der Beratung aufzunehmen.

Das Oberhaupt dieser Familie hieß Dankwart und freute sich, dem Fremden Unterkunft zu gewähren. Sie verstanden sich auf Anhieb und so ging Hilfreich Not gern mit.

Zu Hause bei Dankwart wurde der Fremde auf 's 'Höflichste bewirtet und man unterhielt sich über allerlei. Hilfreich Not wirkte müde und schwer und es tat ihm gut, in dieser liebevollen Atmosphäre entspannen zu können.

Am nächsten Morgen rief ihn die Königin Güte-Linde Würde in ihren Palast.
Auch hier wurde er wieder herzlich empfangen.
Man teilte ihm mit, dass man ihm Begleiter mitgeben würde, damit sie gemeinsam in dem Land auf der anderen Seite helfen können.

Die kleine Schar setzte sich zusammen aus Hilfreich Not, Hell-Mut, Bring-Friede, Bitte Danke, Traumich und Gutbert Freund. Die Königstochter Lieb-Traun wollte diesen Trupp begleiten und schloss sich ihm an.

Die Reise ging recht gut voran und bald erreichten sie das Land auf der anderen Seite.
Es war wie ein Eintritt in eine andere Welt.
Alles schien düster, schwer und müde. Selbst das Wetter war trist und trüb.

Hilfreich Not führte sie in die Hauptstadt, dahin, wo die Burg des Regenten groß und wuchtig auf einem schroffen Berg, uneinnehmbar, schon von Weitem zu erkennen war.

Der König, der dieses Land regierte, hieß Schreckbert Angst. Er hatte einen Sohn mit Namen Furchtbert Sorge, schon beinahe erwachsen und von athletischer Gestalt, die, wenn er sich denn mal aus seiner gebeugten Haltung erhob, recht ansehnlich war.

Die Bewohner dieses Reiches hasteten gebeugt eilig durch die Straßen. Sie nahmen sich nicht die Zeit, innezuhalten, nahmen nichts wahr, erfüllten ihr Tagwerk Tag um Tag. Selbst Spiele wurden ohne Spaß als Wettkampf, wer denn der Bessre sei, ausgetragen.
Alles war reines Geschäft. Gewinne sollten her. Je höher der Gewinn, umso besser der, der ihn gewonnen hat, so dachten sie und so lebten sie.

In den Familien, unter Freunden und Kollegen, in der Wirtschaft ging es allen nur darum, besonders und besser zu sein. Jeder hatte Angst und Zweifel an sich und am Leben. Sie riefen ständig nach Sicherheiten und mussten diese dann kontrollieren. Immer neue Sicherheiten, neue Kontrolle der Kontrollen der Sicherheiten.
Reich wollten alle werden und manche schafften es auch, doch eines war ihnen verloren gegangen, sie konnten sich an dem Reichtum nicht mehr erfreuen.

Kaum hatte sich der eine etwas Neues angeschafft, plante er bereits das Nächste, ohne sich die Zeit zu nehmen, Freude darüber zu verspüren.

Ein anderer sah, was jener hatte, und musste Gleiches oder mehr beschaffen, um besser zu sein. Freude war hier nicht zu sehn.
Unmut, Bedürftigkeit, Unzufriedenheit waren hier vorrangig zu erkennen.

Unsere kleine Reisegesellschaft nun erreichte die trutzige Burg und bat um Einlass.

Am Haupttore wurden sie durchsucht und ausgefragt und man führte sie zum ersten Minister des Landes. Sein Name lautete Burghart Zweifel.

Er war der treueste Begleiter des Königs und ihm immer ein guter Ratgeber.
Auch hier sollte nun Burghart Zweifel das Gespräch mit

Hilfreich Not und den Helfern aus dem Land der anderen Seite führen. Der König und sein Sohn erwarteten die Reisenden in dem auf 's Beste gesicherten und bewachten Thronsaal.

»Was führt Euch her?«, begann Zweifel das Gespräch. Hilfreich Not erwiderte: »Diese Leute leben auf der anderen Seite unseres Landes. Es geht ihnen so gut! Sie kennen keine Angst, haben keinen Zweifel, sind freundlich miteinander. Jeder achtet jeden und jeder anerkennt des anderen Würde. Es wird bei ihnen gelacht und alle können sich freuen, an den kleinsten Dingen und über die geringsten Ereignisse. Sie fühlen sich so reich!«

Der Minister schaute zweifelnd und sprach: »Wie sollte so etwas funktionieren? Das ist in diesen Zeiten unmöglich, das kann gar nicht sein. Ihr wisst doch, mein König, wie diese Welt ist. Alles geht dem Ende zu. Sicherlich haben diese Menschen nur einen Trick und wir werden schon herausfinden, wie dieser ist. Am besten, wir sperren sie so lange ein.«

Er schüttelte den Kopf und blickte zum König Angst und seinem Sohn Sorge.

Diese zagten und zauderten und glaubten natürlich dem Minister.
Der musste es wissen, der war ja in allem erfahren.
Die vielen Kriege, die Wirtschaftskrisen, alles hatte er erlebt und konnte immer wieder davor warnen.

Da ergriff die Prinzessin Lieb-Traun das Wort: »Herr König, ich sage Euch, das Einzige, das Euch und Eurem Volke hilft, dieser Schwermut zu entrinnen, ist zu vertrauen. Vertraut Euch doch dem Leben an, was kann denn schon geschehen?

Erkennt im andern doch Euch selbst, der gleiche Wert ist dort zu sehn. Hört auf zu zagen, Angst zu haben.

Ich werde Euch zu Eurem Rat Herrn Hell-Mut, Herrn Traumich und Frau Bring-Friede nebst Fräulein Bitte-Danke zur Seite geben. Meine Mutter wird auch dabei sein. Dann sollte sich hier im Lande einiges wandeln.«

Es entbrannte eine hitzige Diskussion, in der doch am Ende der Minister, der König und sein Sohn zustimmten.

So bildeten sie nun eine neue Regierung.

Sie setzte sich zusammen aus dem König Schreckbert Angst und ihm zur Seite die Königin Güte- Linde Würde, dem Königssohn Furchtbert Sorge und der Prinzessin Lieb-Traun, dem Minister des Königs Burghart Zweifel, Herrn Gutbert Freund und Herrn Traumich, Herrn Hell-Mut, Frau Bring-Friede und Fräulein Bitte-Danke.

Diese Menschen nun regierten gemeinsam dieses Reich und mit der Zeit begann ein Wandel.
Die Schwere wich der Leichtigkeit, die Verachtung untereinander wandelte sich in Achtung.

Der Neid wandelte sich in Zufriedenheit. Die Angst wich dem Vertraun, die Sorge der Zuversicht.
Man sah wieder den Wert des Lebens in allem. Freude und Lachen kehrten ein.

In diesem Land, in dem sich jeder, auch wenn er noch so reich war, arm fühlte, begann eine neue Ära.
Jeder hier fühlte sich jetzt reich. Reich an Liebe, reich an Achtung, reich an Güte, ja sogar reich an wunderschönen Dingen und keiner neidete den anderen etwas. Der Wettkampf, besser zu sein, besonders zu sein, mehr zu haben, hörte auf. Spiele machten wieder Spaß, das Leben machte wieder Spaß, Frieden war nun eingekehrt in diesem Land hinter dem Land.

Der Prinz aber und die Prinzessin heirateten und bekamen Zwillinge.
Ein kleines Mädchen und einen kleinen Jungen.
Sie gaben ihnen den Namen Zuver–Sicht und Hab-Vertraun.

* * *

Miteinander

Der Mensch im Umgang mit anderen oft nicht wahrhaftig ist.

Zeigt sich einmal so und einmal anders,
nie,
wie er wirklich ist.

Spielt seine Rolle vor sich und vor den anderen wahrlich gut
und weiß zum Schluss nicht mehr,
wie er nun selbst wahrhaftig ist.

* * *

Zugehörigkeit und Tradition

Der Mensch sucht stets das Gefühl der Zugehörigkeit.

Sei es im Stadion, in Kirche und Verein,
bei Veranstaltungen aus Tradition.

Hier erfährt er, »ich gehör dazu.
kann alleine niemals sein«.

Hält sich an die Regeln, Gebote und Verbote,
ist ganz brav und erhält als Preis den Segen der anderen,
die alle selber sich an die Regeln halten,
ganz konsequent,
um wiederum den Segen zu erhalten:
»Ja, du gehörst dazu.«

Dass der Mensch den größten Segen erhalten hat,
allein, dass er ist und lebt,
bedenkt er nicht und erkennt die große Freiheit
darin nicht.

Und so schafft Mensch sich Tradition um Tradition
seit Generationen schon.

* * *

Der Abgrund

Winter ist es bereits geworden. Es stürmt und der Himmel hat sich vom sommerlichen Blau ins herbstlich-winterliche Grau verwandelt. Weihnachten ist gar nicht mehr so weit.

Gedrückt und gebeugt verbringen die Menschen die Tage und bedenken gar nicht dabei, dass der Himmel sein Blau noch nie verloren hat, dass graue, dicke Wolken lediglich für einige Zeit die Sicht auf ihn verhindern. Nur scheinbar ist die Sonne verschwunden.

Kurz erscheinen die Tage. Alltägliche Ereignisse, von den Menschen ohnehin oft als Last empfunden, liegen noch schwerer als sonst auf ihren Schultern.

So auch bei Irmelind, einer Frau, die bereits ihre Lebensmitte erreicht hat.

Unglaublich schwer empfindet sie in diesen Tagen ihr Leben. Die tägliche Arbeit mit ihren Aufgaben lässt sich nur mühsam erledigen.

Bald jeden Tag gibt es Ärger mit ihren alten Eltern. Schon so lange Jahre wünscht sie sich so sehr, dass sie in Frieden mit ihnen leben kann. Was hat sie nicht schon alles versucht, sie liebevoll zu stimmen.

Doch fast jeden Tag gibt es ein Ereignis, ein paar Worte, die ausreichen, dass sie sich als Tochter nicht gesehen und geliebt fühlt.

Große Traurigkeit ist darüber in ihrem Herzen. So lange schon. Immer wieder beschäftigt sie sich in ihren Gedanken damit.

Und dann auch noch die Erkrankung. Keiner hatte damit gerechnet. Müde und überlastet hatte sie sich ja schon länger gefühlt. Es nur nicht so ernst genommen. Sie brach eines Tages einfach zusammen und wurde ins Hospital gebracht.

Nun auch noch diese Sorge. Und obwohl sie bald wieder nach Hause gehen durfte, die Ärzte stellten die Diagnose »Überbelastung«, beschäftigte sie sich nun noch zusätzlich mit dem Thema »Krankheit und Tod«.

Eines Tages hatte sie eine sonderbare Begegnung.

Es war helllichter Tag im Dezember. Wie oft schon war sie hier gegangen und hatte doch noch nie die kleine Kirche wahrgenommen. Doch heute sah sie diese und einer Eingebung folgend, probierte sie, ob die Tür sich öffnen ließ. Und so war es. Irmelind betrat den Innenraum. Sie verspürte eine noch nie zuvor gefühlte Aufregung. Eher freudig, doch nicht erklärbar.

Sie setzte sich still in die erste Reihe der dort stehenden Bänke. Kein Mensch außer ihr war anwesend.
So nach und nach empfand sie den stillen Frieden dieses Ortes und ihre Gedanken und ihr Herzschlag beruhigten sich ein wenig.

Sie schloss die Augen.

Plötzlich vernahm sie ein leises Geräusch. Verwundert schaute sie neben sich. Eine alte Frau hatte sich neben sie gesetzt. Sie nickte Irmelind zu, freundlich und sehr liebevoll.

Irmelind spürte so viel Liebe, dass sie zu weinen begann. Die Alte blickte voller Verständnis und Güte in Irmelinds Augen.

Und diese begann zu erzählen:

»Oh, mein Gott, ich bin in einem Abgrund! Ich falle. So lange schon. Ich falle und habe solche Angst!«

Die Frau neben ihr nahm Irmelinds Hand in ihre Hände und sprach:

»Vertraust du dir?«

»Nein!«

»Vertraust du GOTT ?«

»Nein !«

»Vertraust du mir?«

Irmelind schaute in die gütigen Augen dieser alten Frau und hauchte ganz leise: »Ja.«

»Dann lass dich von mir halten und lass dich fallen in deinem Abgrund. Ich begleite und trage dich.«

Irmelind schloss ihre Augen und ließ sich ein.

»Jeder Abgrund hat einen Boden, mein Kind. Auf dem wirst du ankommen. Ganz sicher und sanft. Vertraue und es wird so sein. Ich bin bei dir.«

Irmelind war ganz still. Tränen liefen über ihr Gesicht. Ein tiefes Schluchzen entrang sich ihrer Brust. Fest schlossen sich ihre Finger um die haltenden Hände der alten Frau.

Nach einer Weile des Weinens sagte sie:

»Ja, ich kann ihn sehen, den Boden.«

»Wie schaut er aus, Irmelind?«

»Oh, es ist ein schöner Anblick. Es ist eine Wiese! Blumen sind dort!«

Irmelind wirkte überrascht.

»Wie schaut der Abgrund aus, mein Kind?«

»Oh, er wird ganz gerade. Die Wände weichen zurück.«

»Kannst du den Himmel schon sehen?«

»Ja!«

»Kannst du die Sonne schon sehen, Irmelind?«

»Ich kann sie nicht sehen, doch ich fühle sie. Mein ganzer Körper ist voller Wärme und angenehmem Prickeln. Es fühlt sich so gut an.«

»Irmelind, schau mal, was sichst du auf dcincr Wicsc außer den Blumen noch?«

»Oh, da sind ja meine Kinder. Sie freuen sich. Ach, ich bin ja so stolz auf sie.«

Bei diesen Worten strahlte Irmelinds ganzes Gesicht.

»Das kannst du auch. Was sichst du noch, mcin Kind?«

»Ich sehe jetzt lauter Menschen, die mich lieben, und ich sehe alles, was ich in meinem Leben bisher geschafft habe.«

»Wo ist der Abgrund, mein Kind?«

»Er ist nicht mehr da!« Irmelind war verwundert.

Sie atmete tief durch. Frei und leicht fühlte sie sich. Wie noch nie in ihrem Leben. Freude erfüllte sie und Liebe war in ihrem Herzen.
Sie wollte sich bei der alten Frau bedanken und öffnete ihre Augen.

Doch diese war so leise und sanft gegangen, wie sie gekommen war.

* * *

Angst

Ach, Angst, was machst du mit mir?
Du setzt mir Grenzen und engst mich ein.
Die Sicht wird so schlecht …
Ich krieche immer mehr in mich hinein.
Hier fühl ich mich sicher, der Druck lässt nach.
Oder doch n i c h t ?!

Was ist nur los?
Wer hat hier die Macht über mich?!

Die Angst ist groß, größer als ich?

Oder doch n i c h t ?!

Wer bestimmt denn über mich?
Wer sonst soll es tun, wenn nicht ich?!

Nur eins kann mich retten:
Mein Wille zu leben …
um das Licht zu sehen und Freude zu erleben.

Mein GOTT! ICH WILL!
Ich vertraue dem Leben!

Ich nehm meinen Mut, Angst, und stelle mich.
Wozu du dienst? Als Frühwarnsystem!
Was kann schon geschehen?
Das frag ich dich.

Ich habe die Kraft, vorwärts zu gehen!

Die Angst wird kleiner, von ganz allein.
So kann ich sie nehmen, so still und fein.

Brauch nicht mehr zu kämpfen gegen einen Teil in mir.
Ich vertrau dem Leben und vertrau auch
MIR.

* * *

Überheblichkeit

Überheblich ist der Mensch dann,
wenn er meint, er sei was Besseres.
Er befindet sich im Vergleich mit anderen,
ist mittendrin in seinem Lebenskampf,
braucht die Bestätigung,
etwas Besonderes zu sein und auch zu bleiben.

Durch Überheblichkeit fühlt er sich stark und besser,
macht den andern klein und lässt ihn dort.
Fühlt sich dann in seiner vermeintlichen Größe groß,
lässt den anderen sich fühlen klein.

Dieses Ringen um doch nur scheinbare Größe ein Ende erst nimmt,
wenn der Mensch erkennt im andern,
wir sind gleich.

Solange die Welt des Menschen ein Ringen um
»gut und besser sein« bleibt,
so lange gibt es Überheblichkeit.

* * *

Zu-fall

Bin ich in Bewegung auf meinem Lebensweg,
dann fällt es mir zu,
was das Leben mir bieten will;
ich muss es nur seh 'n,
es nehmen,
danken
und
weitergeh 'n …

* * *

Das rote Hütchen

In einer Stadt, die ganz woanders liegt, von der noch keiner von uns bisher gehört hat, lebte ein kleines Mädchen.

Leicht hatte sie es nicht, doch da sie die wahre Leichtigkeit nicht kannte, dachte sie, dass es so, wie es in ihrer Familie zuging, genau richtig war.

Jedem ging es ähnlich. Der Vater hatte stets Sorgen und war mit seiner Arbeit mehr unzufrieden als zufrieden. Der Mutter erging es auch nicht viel besser. Jeden Tag erzählten sie sich, wie ungerecht und schlecht die Welt doch sei.

Das kleine Mädchen lachte gern und oft und liebte die Eltern, die Oma und den Opa, auch wenn diese ähnliche Ängste hatten wie Mutter und Vater. Sie liebte mit ihrem ganzen kleinen Herzen alles, was sie sah. Wie behutsam ging sie mit Pflanzen und Blumen um und alle Tiere waren ihr gleichermaßen lieb.

Und so lebte sie in ihrer Stadt mit ihren Bewohnern, die alle stets in Sorge und Ängsten waren.

Mit den Jahren lernte sie die Menschen besser kennen. Jeder von ihnen hatte eine Möglichkeit gefunden, wie er am besten durchs Leben kam. Möglichst ohne große Angst und ohne Ärger mit anderen Zeitgenossen.

Man sagte sich untereinander Freundlichkeiten, auch wenn man sie gar nicht so meinte.
Jeder versuchte es anderen irgendwie recht zu machen, damit diese freundlich blieben.

Das kleine Mädchen schaute und hörte sich alles gut an. Sie bemerkte, wie oft die Menschen schwindelten. Sie sagte es ihnen dann, doch diese reagierten leicht verärgert und bestritten es.
Und zu guter Letzt, wenn es auf der Wahrnehmung beharrte, wandten sie sich verärgert ganz ab.

Die Eltern und noch viele andere sagten ihr oft, wenn sie mal wieder weinte, über diese Menschen, wie diese doch unehrlich miteinander umgingen: »Schaff dir ein dickeres Fell an. Sei doch bloß nicht so empfindlich. Außerdem bildest du dir alles nur ein. Wenn du doch bloß anders sein könntest, so wie wir auch, dann ginge es dir besser. Du bist doch selber schuld!«

Das kleine Mädchen versuchte nun tatsächlich so zu sein wie all die anderen. Doch es war nicht leicht. Sie bemerkte jede Unwahrhaftigkeit bei den Menschen, nur sagte sie es ihnen nicht mehr und sie dachte oft an das, was die Eltern sagten: »Du bildest dir alles nur ein und du bist selber schuld, wenn sie dich nicht mehr mögen.«

Tief in ihr war jedoch eine große Sehnsucht nach Verständnis und Wahrhaftigkeit. Und eines Tages beschloss sie, diese wahrhaftige Liebe zu suchen.

Eines schönen Sommermorgens setzte sie ihr kleines rotes Hütchen auf und verließ Elternhaus und Heimatstadt.

Sie zog durch Dörfer, Städte und weites Land. Sie sah Täler und Berge und ging auf Wegen, die manchmal nur sehr schwer und manchmal sehr leicht zu gehen waren.

Sie begegnete vielen Menschen und immer stellte sie die gleiche Frage:

»Weißt du, wie es ist, wenn man wahrhaftig liebt? Weißt du, wo ich diese wahrhaftige Liebe finden kann?«

Niemand konnte ihr eine Auskunft geben. In einem waren sich jedoch alle einig: »Liebe! Liebe? Liebe?? Tut am Ende immer nur weh«, und man schickte sie weiter.

»Das kann doch nicht sein!« dachte das Mädchen und setzte seine Suche fort.

In der nächsten Stadt begegnete ihr ein Mann, dem sie diese Frage auch stellte. Er war sehr freundlich und sagte: »Ich glaube, ich verstehe dich. Doch wie du es willst, geht es nicht. Wenn du in dieser Welt gut überleben willst, dann musst du die Regeln, die hier herrschen, kennen. Ich werde dir diese Regeln zeigen.«

Vertrauensvoll ging das Mädchen mit ihm in ein riesiges Kaufhaus. In der Abteilung für Kleidung sagte er:»Die erste Regel ist ganz einfach: Kleide dich gut, immer ein bisschen besser als die anderen. Doch nur ein wenig, niemals zu viel.« Dann ging er mit ihr in die Abteilung für Bildung und sprach: »Die zweite Regel lautet: Lerne gut und viel. Du musst einen guten Beruf haben. Am besten, du studierst und wenn du einen Titel hast und einen Grad, bist du fein raus. Aber lass dir nie anmerken, dass du mehr weißt als andere.«

In der Abteilung für Erfolg nannte er ihr die dritte Regel: »Du musst erfolgreich sein und zu Reichtum gelangen. Je mehr du hast, umso mehr Respekt und Bewunderung wird man dir entgegenbringen. Doch sei umsichtig dabei, prahle nicht mit deinem Erfolg und Reichtum. Jammere lieber, dass es noch zu wenig ist.«

Die vierte Regel gab er ihr auf dem Weg in die Abteilung für Hilfsmittel.

»Sei nett und höflich. Zeige gutes Benehmen und wenn dich jemand fragt, wie es dir geht, dann sage immer: ›Ganz gut‹, sage nicht ›sehr gut‹ oder gar ›es geht mir schlecht‹. Lächle, auch wenn dir nicht danach ist. Keiner will wirklich wissen, wie es dir geht.«

In der Abteilung für Hilfsmittel erklärte er ihr die fünfte Regel:

»Höre anderen immer gut zu und helfe ihnen wenn du willst. Doch lass dich nicht aufhalten nach Macht und Anerkennung zu streben und werde nicht zu mitleidig. Jeder hat seine eigenen Probleme.

Und nun gleich zur sechsten Regel: Belästige niemanden mit deinen Problemen. Du kannst zwar sagen, dass du eines hast, aber geh nicht ins Detail.
Sei auf deinem Weg rücksichtslos, wenn es die Umstände erfordern. Jeder ist es auch mit dir.

Und nun noch die siebente und letzte Regel: Lass es dir dabei gut gehen und sei glücklich, liebe und auch wenn dir nicht nach Lachen zumute ist, lache und wirke immer glücklich. Jedoch nicht so viel, dass es auffällt.

Wenn du diese wenigen Regeln beachtest, wirst du gut zurechtkommen und alle werden dich respektieren. Die wahrhaftige Liebe gibt es nur im Märchen. Glaube mir, ich bin schon so lange auf der Welt und würde wissen, wenn es anders wär.«

Das Mädchen hörte ihm gut zu und glaubte ihm. Sie gingen zurück in die Abteilung für Kleidung. Dort sollte sie sich neu und passend einkleiden.

Die Verkäuferin gab ihr einen Rock und einen Pullover, die ihr viel zu groß waren, und in einer Farbe, die sie sich eigentlich gar nicht ausgesucht hätte. Sie

zog die Sachen an und obwohl sie tatsächlich nicht passten, sagte die Verkäuferin: »Oh, das steht dir aber gut!«
»Hm«, dachte das Mädchen bei sich, »der Rock sitzt nicht richtig und der Pullover ist viel zu groß.« Sie sagte es nicht laut, denn sie dachte an die Regeln, drehte sich hin und her und hörte die Worte der Verkäuferin, wie gut es ihr doch stünde.

In diesem Moment kam ein Mann mit seiner Frau daher, blieb kurz stehen, sah sie in diesem Rock und begann zu lachen. »Der Rock ist viel zu groß und der Pullover auch. Das sieht zu komisch aus.«

Das Mädchen schaute an sich herunter und entschloss sich kurzerhand, diesen Rock wieder auszuziehen. Sie nahm dieses Bekleidungsensemble lieber doch nicht.

Es ging weiter in die nächste Abteilung. Viele Menschen waren hier. Alle wirkten sehr beschäftigt mit sich selbst und jeder trug ein weißes Hütchen.

Eine Frau kam auf sie zu und stellte sich als die Leiterin dieser Abteilung vor.
Sie sagte ihr: »Wenn du hier bleiben willst, musst du dein rotes Hütchen abgeben und ebenfalls ein weißes tragen, so wie alle hier.«

Sie nahm dem Mädchen ihr rotes Hütchen weg und hielt ihr ein weißes hin mit den Worten: »Mit dem roten Hut fällst du nur auf, wenn du dieses hier trägst, gehörst du zu uns. Wir tragen alle nur Weiß!«

Das Mädchen schaute sich um und alle sahen gleich aus. Keiner kümmerte sich wirklich um den anderen, sie gingen aneinander vorbei und wenn sie sich ansahen, waren ihre Augen leer. Selbst wenn sie miteinander sprachen, blieben diese leer. Doch alle trugen sie einen kleinen weißen Hut.

Es sagte, alle Regeln vergessend: »Dann trage ich lieber gar keinen«, und ging davon.

In der nachfolgenden Zeit versuchte sie die Regeln, die der nette Herr ihr verraten hatte, zu befolgen. Sie hielt sich recht gut daran und man begann sie zu respektieren, war höflich und es hatte den Anschein, als ob man sie tatsächlich mögen würde. Und das Mädchen tat ebenfalls so, als ob es nichts bemerken würde, wenn sie in die leeren Augen ihres Gegenübers sah und ihm dabei zuhörte, wenn dieser sprach. Wenn es die wahrhaftige Liebe nur im Märchen gab, dann musste diese Art wohl die einzig richtige sein.

Doch in diesen Tagen und Wochen schwand immer mehr ihre ihr eigene innere Leichtigkeit und Freude. Das Leben fühlte sich noch schwerer an und düster sah es aus.
Statt besser ging es ihr immer schlechter.

Eines Tages zog es sie hinaus in die Natur. Sie verspürte eine große Sehnsucht und machte einen Spaziergang in den ihr so vertrauten nahe gelegenen Wald.

Riesige alte Bäume standen hier und so oft schon hatte sie sich dort ausgeruht und Kraft geschöpft. Mit den uralten Bäumen ließ es sich gut reden. Ihnen konnte sie alles, was sie auf dem Herzen hatte, sagen. So ganz offen und wahr, ohne auf eine Regel zu achten.
Hier durfte sie einfach sein, wie sie war.

Auch an diesem Tag war hier eine wunderbare Stimmung. Frieden und gleichzeitig Leben, die Wärme der Sonne und gleichzeitig die Kühle der Schatten der Bäume waren zu spüren.

Sie atmete tief durch und setzte sich auf ein dickes Mooskissen unter ihrem Lieblingsbaum und schloss ihre Augen. Oh, wie gut fühlte sich hier alles an!

Sie dachte gerade an all die Menschen, die ihr bisher so begegnet waren, und hörte plötzlich ein leises Geräusch.

Sie öffnete ihre Augen und sah vor sich einen uralten Mann mit einem außergewöhnlichen, liebevollen Blick. Ein wenig erschrak sie, doch er hob sacht beschwichtigend seine Hand und sprach mit freundlicher Stimme: »Ich habe hier ein rotes Hütchen und eine roten Ball. Wer holt es sich?«

Dabei lächelte er liebevoll.

Alle Regeln vergessend sprang das Mädchen auf. Große Freude durchflutete ihr Herz und sie lief, ihr Hütchen, ihr geliebtes Hütchen, zu holen.

Sie dachte an keine Regel mehr und schaute in die unendlich gütigen Augen dieses alten Mannes, der nun zu ihr sprach: »Ich wusste doch, du kannst nicht anders. Sei stets in Wahrhaftigkeit mit dir und lebe diese, mein Kind. Nur die Wahrhaftigkeit mit dir selbst lässt dich die unendliche Freude der Liebe des Lebens in dir und allem, was ist, erfahren.«

Und er gab ihr das rote Hütchen und den roten Ball dazu. Das Mädchen nahm den Hut und den Ball. Warf den Ball hoch und fing ihn wieder auf, spielte mit ihm ausgelassen und voller Freude. Sie vergaß ganz und gar Raum und Zeit.

Doch dann hielt sie inne. Bedanken wollte sie sich. Sagen, wie glücklich sie sich fühlte.
Ihn umarmen, ihm ihre ganze Liebe, die sie endlich in sich fühlte und sich traute zu leben, zu zeigen. Sie schaute und suchte, er war weg! Nirgends konnte sie ihn sehen.

Doch es war ihr, als hörte sie in ihrem Herzen seine warme, tiefe Stimme:

»Sei einfach in Wahrheit mit dir! Die wahrhaftige Liebe findest du in *DIR*!«

* * *

Sehn–Such(t)

Menschen sehnen sich
und suchen,
wissen nicht,
wonach.

Menschen sehnen sich
und suchen,
wissen nicht,
an welchem Ort.

Menschen sehnen sich
und suchen im Außen,
was doch ganz tief in ihnen nur zu finden ist,

Wahrhaftigkeit und Liebe ihrer selbst.

* * *

Wenn du
die Weite
zwischen Himmel und Erde entdeckst,
entdeckst du
die Freiheit
in dir.

Wenn du
die Schönheit
der Erde entdeckst,
entdeckst du
die Einzigartigkeit
deines Innern.

Wenn du
das Einssein
zwischen Himmel und Erde entdeckst,
erfährst du,
dass du eins bist
mit allem
und
den Frieden
in dir.

* * *

Wahrhaftig

Wer aus dem Herzen wahrhaftig liebt,
liebt alles,
was und wie es ist.

* * *

Inhalt

Die Autorin Marion Rabe und das Rittergut Dorstadt

Es ist der Sitz ihrer Praxis und das Zuhause der Persönlichkeitstrainerin und Autorin Marion Rabe geworden. Hier gründete sie die »Hohe Schule des höchsten Gutes«. Eine Schule, in der es um die »Herzens-Bildung« geht. Der Mensch selbst steht im Mittelpunkt dieser Schule.

»Das wahre Genie besteht darin, dass sich rationales Wissen mit der Weisheit der Güte des Herzens vereint.«

Kontaktaufnahme mit Marion Rabe:
E-Mail: Rabe0104marion1@gmx.de
oder www.marionrabe.de

Weitere Werke der Autorin:
- *Ewig bin ich in der Liebe des Lebens*
- *Kalender »kunst der kleinen dinge«*